UNA CENICIENTA
PARA EL JEQUE

Kim Lawrence

Editado por Harlequin Ibérica.
Una división de HarperCollins Ibérica, S.A.
Núñez de Balboa, 56
28001 Madrid

© 2018 Kim Lawrence
© 2019 Harlequin Ibérica, una división de HarperCollins Ibérica, S.A.
Una cenicienta para el jeque, n.º 2745 - 11.12.19
Título original: A Cinderella for the Desert King
Publicada originalmente por Harlequin Enterprises, Ltd.

I.S.B.N.: 978-84-1328-602-0
Depósito legal: M-32664-2019
Impreso en España por: BLACK PRINT
Fecha impresion para Argentina: 8.6.20
Distribuidor exclusivo para España: LOGISTA
Distribuidor para México: Distibuidora Intermex, S.A. de C.V.
Distribuidores para Argentina: Interior, DGP, S.A. Alvarado 2118.
Cap. Fed./Buenos Aires y Gran Buenos Aires, VACCARO HNOS.

MIXTO
Papel procedente de
fuentes responsables
FSC® C108412
www.fsc.org

Este libro ha sido impreso con papel procedente de fuentes certificadas según el estándar FSC, para asegurar una gestión
responsable de los bosques.

Capítulo 1

ABBY Foster tenía calor y le dolían los pies porque la sesión fotográfica había exigido que subiera una duna en pantalones cortos y tacones; además algo le había picado en el brazo, y aunque el maquillaje lo disimulaba, se le había hinchado y le picaba terriblemente.

Pero lo peor de todo era que el coche se había averiado. Le habría correspondido ir en el primer todoterreno que partió de vuelta a la ciudad de Aarifa, pero la estilista se le había adelantado para sentarse al lado del ayudante del fotógrafo, del que estaba enamorada.

Así que, por culpa de un amor juvenil, Abby estaba en un vehículo, en medio de la nada, intentando ignorar los gritos procedentes del exterior. A su lado, Rob, el responsable de que hubiera tenido que subir la maldita duna diez veces hasta conseguir la fotografía que quería, dormía apaciblemente una siesta… ¡y había empezado a roncar!

Exasperada, Abby sacó una botella de agua de su enorme bolso. Mientras la destapaba, se dio cuenta de que quizá debía racionarla. Antes de quedarse dormido, Rob había dicho que los rescatarían en cuestión de minutos, pero el fotógrafo podía haber pecado de optimismo.

El debate interno que sostuvo entre la precaución y

la sed, duró poco. Sus abuelos le habían enseñado a ser siempre cauta; era una lástima que no hubiesen seguido sus propios consejos, y se hubieran dejado estafar por un asesor financiero que acabó con los ahorros de toda una vida.

El bello rostro de Gregory con su sonrisa infantil se materializó en su mente al tiempo que cerraba la botella con saña, y la guardaba. Apretó los dientes mientras combatía la habitual mezcla tóxica de culpabilidad y desprecio hacia sí misma que la asaltaba cada vez que pensaba en la responsabilidad que tenía en la situación de sus abuelos.

Porque aunque ellos no la culparan, ella tenía la culpa de que perdieran sus ahorros. De no haber sido tan idiota como para caer rendida ante la sonrisa y los ojos azules de Gregory, y de no haber creído que estaba enamorada de él y que era el hombre de sus sueños, no lo habría presentado a sus abuelos, y ellos disfrutarían de la holgada jubilación por la que tanto se habían sacrificado.

En lugar de eso, se habían quedado sin nada.

Sintió un nudo en la garganta y sacudió la cabeza para contener las lágrimas, recordándose que llorar no resolvía nada y que tenía que concentrarse en el plan que había trazado.

Un brillo desafiante iluminó sus ojos verdes. Según sus cálculos, si aceptaba todo el trabajo que le ofrecieran durante los siguientes dieciocho meses, podría comprar el bungaló que sus abuelos habían perdido por culpa de su novio. Ella se los había presentado, él se había ganado su confianza y luego había desaparecido con todos sus ahorros. En un ejercicio de crueldad, le había mandado por correo electrónico una fotografía con otro hombre en actitud íntima que hacía innecesario el mensaje que la acompañaba: *No eres mi tipo.*

La supuesta paciencia de Gregory con su inexperiencia, y su insistencia en que podía esperar a que ella estuviera preparada, adquirió su pleno significado.

Cerrando su mente a aquellos humillantes recuerdos, Abby sacó una toallita húmeda del bolso y se la pasó por el rostro para quitarse el polvo y el sudor, mientras soñaba con una ducha y una cerveza fría, cuando uno de los dos hombres que estaba fuera asomó la cabeza por la ventanilla para buscar algo cerca del volante, antes de volverse hacia Abby y reprocharle:

–Podías haber dicho algo. Llevamos horas intentando abrir el maldito capó –tiró de la palanca que había localizado y gritó al hombre que estaba fuera–: ¡Ya está, Jez!

En realidad solo habían pasado diez minutos, pero Abby replicó:

–A mí me parece que han sido siglos.

En aquel momento estaba más preocupada por el dolor de la picadura que por el enfado de su compañero. Apretó los dientes y se remangó para aflojar la presión sobre el brazo. Todavía llevaba el conjunto que se había puesto para la sesión, unos pantalones cortos y una camisa con la que se suponía que convencerían a las mujeres de que usando un determinado champú, podrían caminar por el desierto sin que su perfecta y lustrosa melena se deteriorara. Pero aunque pudiera ser verdad, si llevaban unos zapatos tan estúpidos como los suyos, no se librarían de unas espantosas ampollas.

Las operaciones al otro lado de la ventanilla no eran prometedoras. Los dos hombres retrocedieron bruscamente para evitar el vapor que escapaba del motor y empezaron a gritar de nuevo.

Abby le dio a Rob con el pie.

—Deberíamos bajar a ayudarlos.

«O al menos a evitar que se maten», pensó, mientras sacaba un pañuelo del bolso para recogerse el cabello. Rob abrió un ojo asintió, volvió a cerrarlo y siguió roncando.

Abby bajó. La temperatura exterior era menos agobiante que la del interior del coche.

—¿Cuál es el veredicto, chicos? —preguntó, forzando un tono animado. Pero no contagió su actitud a los dos hombres.

Cuando Abby había coincidido en otras ocasiones con el técnico de luz, Jez siempre había salvado las situaciones tensas con una broma, pero en aquella ocasión, el buen humor lo había abandonado. Con gesto contrariado, cerró el capó.

—No tengo ni idea de qué pasa ni de cómo arreglarlo. Pero si alguien quiere probar… —el robusto técnico lanzó una mirada retadora al joven becario, que se limitó a morderse las uñas con aire más temeroso que resolutivo.

—No te preocupes, Jez. En cuanto vean que no llegamos, vendrán a buscarnos —dijo Abby, decidida a ser optimista a pesar de que el sol empezaba a ponerse.

—No deberíamos de haber parado —dijo el joven becario, dando una patada a un neumático.

Jez asintió.

—¿Qué demonios hace Rob? —preguntó, indicando

con la cabeza al supuesto genio de la fotografía, cuyo empeño en fotografiar un lagarto sobre una roca era la causa de que hubieran perdido de vista a los dos vehículos que encabezaban el convoy.

–Duerme.

Los dos hombres exclamaron al unísono:

–¡Increíble!

Y estallaron en una carcajada. La animadversión que ambos sentían por el fotógrafo creó una pasajera complicidad entre ellos.

–¿Alguien tiene señal en el móvil?

Abby negó con la cabeza.

–¿Qué es lo peor que puede pasarnos? –preguntó.

–¿Que muramos lentamente de sed? –la voz de Rob llegó súbitamente del interior mezclada con un bostezo.

Abby le lanzó una mirada irritada.

–En serio, ¿qué puede pasarnos? Nada. Y tendremos una anécdota para contar durante la cena.

–¡Chicos!

Todos se volvieron hacia Jez quien, con una sonrisa, señalaba una nube de polvo en la distancia.

–¡Vienen a por nosotros!

Abby suspiró, pero frunció el ceño al oír el sonido procedente de los coches que se aproximaban.

–¿Qué ha sido eso?

El becario sacudió la cabeza, tan desconcertado como ella. Jez y Rob intercambiaron una mirada. Este se volvió hacia ella y dijo:

–Abby, cariño, será mejor que te metas en el coche.

–Pero... –en aquella ocasión, los agudos sonidos a chasquido se escucharon más nítidamente y el alivio inicial de Abby se transformó en temor mientras mantenía la vista clavada en la nube de polvo–. ¿Eso son disparos?

–Tranquilos –dijo Jez, protegiéndose los ojos del sol con la mano–. Estamos en Aarifa. Es un lugar seguro –otra ráfaga de metralleta cortó el aire. Jez miró a Abby–. Por si acaso, será mejor que entres y te agaches.

El purasangre árabe avanzaba con seguridad en medio de la más profunda oscuridad, que contrastaba con el vuelo de la túnica blanca que llevaba el jinete.

A pleno galope, ambos se deslizaban por la arena con armonía hasta llegar a la primera formación rocosa. En la distancia, la columna de roca parecía emerger verticalmente desde la base, pero la ascensión, no apta para quien sufriera de vértigo, se realizaba en un zigzag puntuado por zonas relativamente planas

Al llegar a la cima y detenerse, el caballo resoplaba agitadamente a través de las dilatadas fosas nasales y el jinete esperó a sentir la calma que siempre lo invadía en aquel lugar.

«Esta noche no va a ser posible».

Aquella noche, la magnífica vista de trescientos sesenta grados bajo el cielo estrellado, no logró penetrar el lúgubre estado de ánimo de Zain Al Seif. A lo más que podía aspirar era a relajar algo sus músculos mientras contemplaba los iluminados muros del palacio, con las torres y capiteles que lo hacían visible a millas de distancia. Aquella noche había más luces encendidas de lo habitual en la ciudad amurallada, tanto en la parte más antigua como en los bulevares de la ciudad moderna, con sus altos edificios de cristal.

Eso se debía a que la ciudad, de hecho, todo el país, estaba celebrando la boda real. Y al mundo entero le encantaban las bodas reales, pensó Zain con una sonrisa amarga. A todo el mundo, menos a él.

Pero ni siquiera a aquella distancia podía escapar de ella.

El caballo respondió al juramento mascullado de Zain con un bufido que resonó en el silencio, y empezó a patear el suelo y a describir círculos que habrían hecho caer a cualquier jinete menos diestro.

–Perdona, chico… –lo tranquilizó Zain. Y al palmearle el cuello se levantó una nube de polvo rojo que cubría todo en el desierto.

Esperó a que el caballo se apaciguara antes de desmontarlo con agilidad y sin que sus botas emitieran el más mínimo sonido sobre la superficie rocosa.

Soltó las riendas y avanzó hacia el borde, ignorando la caída vertical a sus pies y con sus ojos azules fijos en la ciudad. La sonrisa que había esbozado se transformó en un rictus, y sus cejas pobladas se juntaron sobre su nariz afilada al asaltarlo un profundo desprecio hacia sí mismo.

Merecía sentirse como un idiota porque lo era. Había tenido la suerte de escapar, pero ese era el problema, que había sido cuestión de suerte. Se enorgullecía de su capacidad para juzgar a la gente, pero la hermosa novia por la que en aquel momento brindaba todo el país y que era agasajada por dignatarios extranjeros, lo había engañado completamente. Solo le quedaba el consuelo de no haberle entregado su corazón. Por contra, su ego había sufrido un duro golpe.

A posteriori, resultaba fácil identificar las señales, pero durante la aventura que había durado seis meses había estado ciego; incluso después de cruzar la línea que normalmente hacía saltar todas sus alarmas y haber empezado a pensar en lo que había entre ellos como una relación…

Afortunadamente, nunca llegaría a saber qué habría pasado, porque Kayla se había cansado de esperar y en cuanto recibió una oferta mejor, la aceptó. Él, que había creído todo el tiempo que jugaban de acuerdo a sus reglas, no había sospechado que era la encantadora y… venenosa Kayla quien estaba jugando con él.

Había aparecido en el apartamento de Zain en París por sorpresa después de una visita a su familia en Aarifa. Él había estado más que dispuesto a cambiar sus planes para poder pasar la tarde en la cama con ella.

Horas más tarde, él seguía en la cama, dividiendo su atención entre el ordenador que reposaba en sus rodillas y Kayla, que se había vestido y estaba maquillándose delante del espejo

—No necesitas nada de eso —le había comentado.

Mantenían una discreta aventura desde hacía seis meses y jamás la había visto sin maquillar. Las escasas ocasiones en las que habían pasado la noche juntos, ella siempre corría al cuarto de baño antes de que él se despertara y salía con un aspecto impecable… una indicación de que no retomarían los placeres de la noche, porque no quería estropearse el peinado ni el maquillaje.

Ella se había vuelto con el lápiz de labios en la mano y una sonrisa que Zain no había visto antes.

–Qué encantador por tu parte –se puso una segunda capa de lápiz de labios antes de levantarse e ir hacia la cama–. Aunque estaba dispuesta a fingir por ti que me gustaban el arte y la ópera, incluso que me interesaba la política, nunca habría estado dispuesta a renunciar al maquillaje por tener el aspecto natural que tú prefieres en las mujeres.

Su risa aguda, tan distinta a su sensual tono habitual, hizo que Zain se estremeciera. Ella continuó:

–Sexo sin ataduras… ¿de verdad creías que eso era todo lo que quería? ¿De verdad crees que nos conocimos accidentalmente, que acepté un trabajo mal pagado en una galería de arte porque quería forjarme una carrera? Menos mal que no todo ha sido malo… Al menos nunca he tenido que fingir en la cama… –la admisión brotó junto con un suspiro–. Esto sí que voy a echarlo de menos.

Zain, que estaba todavía intentando asimilar aquella confesión, todavía no había reaccionado, pero el recuerdo de la escena hizo que frunciera los labios, asqueado. Ella se sentó en la cama y le pasó las uñas por el torso.

–He decidido que no pasaba nada por estar contigo una última vez –Kayla hizo una pausa antes de seguir–: Me temo que no podremos repetir por un tiempo. Mi familia va a anunciar la semana que viene mi compromiso con tu hermano. ¡No pongas esa cara de sorpresa! En parte es culpa tuya. Solo te pido que en la boda finjas un poco que estás destrozado. Así alegrarás a tu hermano.

En aquel momento, en la soledad del desierto, Zain sonrió para sí. Aunque no hubiera heredado las facciones de su padre, sí había heredado una predisposición genética a pasar por alto los defectos de las mujeres. Pero aquel error le serviría para evitar caer de nuevo en él.

Su padre había pasado los últimos quince años mortificado por una mezcla de autocompasión y de esperanza vana, incapaz de aceptar la realidad. Pero eso no le pasaría a él.

Contempló la oscuridad reinante mientras su mente volvía a evocar la escena con nitidez.

–Habría preferido casarme contigo, cariño, pero tú nunca me lo has pedido –dijo Kayla con un mohín de reproche–. Y eso que he hecho todo para ser perfecta para ti. Aun así, cuando la situación se calme, podremos retomar las cosas donde las hemos dejado, al menos en la cama, siempre que seamos discretos. Lo bueno es que Khalid no podrá oponerse, porque yo podría chantajearlo si...

Zain cortó abruptamente la conversación que su mente estaba rememorando.

La gente hacía listas de lo que quería hacer en la vida. A los nueve años, Zain había hecho la de las cosas que nunca haría. A lo largo de los años, había borrado algunas; de hecho, la verdura había llegado a gustarle y aún más besar a las chicas. Pero otras las había mantenido con firmeza, como la de no enamorarse ni casarse. No estaba dispuesto a repetir los errores de su padre.

El amor y el matrimonio no solo habían destrozado a su padre, sino que había puesto en peligro la estabilidad del país que gobernaba. Zain había sido testigo de su deterioro y el amor y el respeto que había sentido por él se había transformado en vergüenza y rabia.

La situación habría tenido graves consecuencias de no ser porque su padre contaba con un círculo leal de colaboradores y consejeros, que habían conseguido mantener la ilusión de que seguía siendo un gobernador poderoso y sabio.

Zain no había contado con esa protección.

Sacudió la cabeza, consciente de que estaba dejándose llevar por una melancolía que no habría tolerado en otros.

Un movimiento en la periferia de su visión los sacó de su ensimismamiento.

Aguzando el oído y la vista, se volvió hacia la frontera invisible entre Aarifa y Nezen.

Estaba a punto de decirse que debía de habérselo imaginado cuando vio un destello de luz, o lo que podían ser los faros de un coche. Y en aquella ocasión la luz fue acompañada por el sonido de voces.

Zain suspiró con impaciencia al asumir que tendría que rescatar una vez más a algún turista estúpido que no respetaba su entorno. Zain adoraba el desierto, pero era consciente de los peligros que en él acechaban.

A veces se preguntaba si la profunda conexión emocional que sentía con su tierra natal era más poderosa por el hecho de que, al ser foráneo, había tenido que demostrar su derecho a pertenecer a ella.

Las cosas habían cambiado, aunque todavía ocasionalmente le llegaba algún comentario o mirada que le hacían preguntarse hasta qué punto eso era verdad.

Era cierto que ya nadie le insultaba, ni grupos de pandilleros azuzados por su hermano le tiraban piedras o le daban palizas, pero en cuanto se arañaba la superficie, los prejuicios emergían. Su existencia se-

guía siendo un insulto para parte del país, especialmente para los miembros de las familias poderosas de
Aarifa.

Él les resultaba aún más irritante que su madre,
que al menos se había ido a vivir a otro continente. En
cierto sentido, habría sido más sencillo haber sido un
bastardo, pero sus padres se habían casado porque su
padre no había estado dispuesto a permitir que tener
una esposa y un heredero previos se interpusiera entre
él y el verdadero amor.

¡Amor…!

Emitió un gemido de rabia al tiempo que montaba.
De nuevo aquella palabra. Para él era incomprensible
que la gente celebrara un sentimiento que a lo largo
de los siglos había dado lugar a guerras sangrientas.

El amor era el sentimiento más egoísta del mundo.

Le bastaba fijarse en sus padres para comprobar su
poder destructivo. No cabía la menor duda de la sin-
ceridad del amor de su padre por su madre, pero casi
parecía un romance diseñado para aumentar la tirada
de las revistas del corazón.

El jeque de una acaudalada familia de Oriente Medio, casado con una mujer que ya le había proporcionado un heredero, se había enamorado de una temperamental diva de ópera italiana… la madre de Zain.

A pesar de su reputación de modernidad del país,
repudiar a una esposa no era excepcional, e incluso la
propia familia de la esposa lo promovía si esta no
podía proporcionar el heredero que algún día gober-
naría el país.

Pero el padre de Zain ya tenía un heredero y la
esposa a la que repudió pertenecía a una de las familias más poderosas del país. La humillación a la que

el jeque había sometido a una familia de impecable linaje fue aún mayor por lo inadecuado de la novia con la que Aban Al Seif la había sustituido, y por el hecho de que la nueva esposa se había ganado a quienes la criticaban con su arrollador encanto.

La nación la había adorado y había pasado a odiarla cuando había abandonado a su esposo y a su hijo de ocho años para retomar su carrera.

La ironía fue que su humillado y orgulloso esposo, el líder que jamás había titubeado al tomar decisiones complicadas, el hombre conocido por su fuerza y determinación, no había dejado de estar enamorado de ella a pesar de su traición, y la habría aceptado sin parpadear si ella hubiera querido volver. Sus dos hijos lo sabían y probablemente era uno de los motivos fundamentales por los que los hermanos no habían tenido nunca una buena relación.

En cierto sentido, igual que su padre, Khalid estaba estancado en el pasado. Sus ojos seguían brillando con odio cuando miraba a su hermanastro, al que seguía considerando responsable de todo lo malo que les había pasado a su madre y a él. Siempre quería aquello que Zain tenía, sus éxitos, sus galardones, y en el presente, a la mujer que ocupaba su lecho. Solo se trataba de arrebatárselo; y una vez lo lograba, Khalid solía perder todo interés en ello.

¿Perdería interés en Kayla?

Zain se encogió de hombros en la oscuridad. Eso ya no era asunto suyo.

Capítulo 2

ZAIN había recorrido la mitad de la distancia que lo separaba del vehículo cuando percibió señales que le hicieron detenerse, desmontar y estudiar el terreno.

Su actitud de enojada resignación se diluyó al observar unas marcas negras de llantas. Tomó uno de los casquillos que salpicaban la zona y lo observó antes de tirarlo y volver a montar de un salto.

Le llevó diez minutos alcanzar el vehículo, que permanecía con las luces encendidas. Tuvo que dar varios gritos antes de que, tras unos cuchicheos de los que Zain dedujo que les infundía confianza que hablara inglés sin acento, salieran tres hombres que se ocultaban en el interior.

Exigiendo silencio a sus precipitadas explicaciones, pidió que hablaran uno por vez, y tuvo que morderse la lengua cuando le describieron una serie de imprudencias que, en su opinión, equivalían a cometer un crimen. Finalmente estalló:

–¿Estabais aquí con una mujer?

–No habíamos planeado que el coche se parara –dijo a la defensiva el hombre de más edad, que tenía un ojo morado–. Le dijimos a Abby que se quedara dentro, pero cuando empezaron a pegar a Rob –señaló al hombre más alto, que tenía una herida en la frente–, salió y golpeó al tipo con…

–El bolso.

–Y entonces la golpearon a ella.

–¿Estaba consciente cuando se la llevaron?

Respondió el mayor de los tres:

–No lo sé, pero cuando la subieron al camión no se movía.

El más joven, que a ojos de Zain parecía un niño, empezó a llorar.

–¿Qué van a hacerle a Abby?

El hombre mayor posó una mano en su hombro.

–No le va a pasar nada. Ya sabes el carácter que tiene; es capaz de convencerlos de que la liberen. ¿Verdad que no va a pasarle nada? –preguntó a Zain.

Este no quiso mentir.

–La mantendrán viva hasta que sepan qué pueden pedir por ella.

Hacía dos años que no se producían razias en la frontera de Nezen. Al ministro de defensa de su padre, Said, le inquietaría saber que las bandas de las colinas habían vuelto a actuar.

La brutal afirmación de Zain arrancó un nuevo sollozo del muchacho.

«Si me muero ¿quién va a pagar las deudas de los abuelos? Abby, no vas a morir. ¡Piensa!».

Alzó la barbilla y se encogió estremecida cuando los hombres que cabalgaban sobre los camellos, dispararon una nueva ráfaga al aire.

Había perdido la consciencia cuando la tiraron al camión y al despertarse le colocaron un saco en la cabeza, lo que había transformado su miedo y desorientación en pánico. ¿Qué hora era? ¿Dónde estaba y qué iba a pasarle?

Se tensó con las fosas nasales dilatadas cuando entró un hombre que le tiró del cabello con su asquerosa mano hasta pegar su cara a la de él. Abby contuvo la respiración hasta que el hombre la soltó y se fue.

Ignorando el terror que amenazaba con quebrar su fuerza mental, levantó la cabeza. «Piensa, Abby, piensa».

El esfuerzo de hacer que su cerebro siguiera funcionando era como intentar correr en arena, una metáfora apropiada en un lugar en el que la arena lo cubría todo.

Apretó los dientes al notar el dolor en la mejilla donde uno de sus secuestradores la había golpeado cuando ella intentó defender a Rob. Tenía que decidir cómo actuar y cuánto tiempo había pasado desde que había perdido la consciencia.

Aunque era todavía de noche, la zona que los rodeaba estaba iluminada por una gigantesca hoguera, así como por los faros de una veintena de vehículos que formaban los tres lados de un rectángulo en el que se encontraban.

Tiró de la cuerda con la que tenía atadas las muñecas, pero no cedió. Aunque no tenía atados los pies y le tentó la idea de correr, sabía que no llegaría lejos. Cualquiera de los hombres podría darle alcance y además ¿dónde iba a ir?

Abby nunca se había sentido tan aislada ni había tenido tanto miedo. Pero aunque inicialmente su mente se había quedado paralizada, había adquirido una velocidad enfebrecida cuando uno de los hombres que la había llevado hasta allí se aproximó y dijo algo en un tono desabrido.

Ella sacudió la cabeza para indicar que no entendía, pero él volvió a gritarle. Cuando ella no reaccionó, él la sujetó por el cuello y la empujó hasta llegar a una zona en la que había una docena de hombres sentados en semicírculo.

Abby intentó echarse atrás, el hombre la empujó hacia adelante y sacó una daga de la cintura. Esperando lo peor, Abby contuvo las lágrimas. Finalmente, se echó a llorar, en parte de alivio y en parte de dolor, cuando el hombre cortó la cuerda que le sujetaba las manos a la espalda.

Abby se frotó las muñecas mientras el hombre hablaba a los del grupo a la vez que la señalaba. Uno gritó algo y el hombre, le agarró el cabello y lo expuso a la luz de la hoguera, lo que arrancó una exclamación de los hombres, que la observaron con ojos codiciosos.

Abby se encogió, sintiendo que la piel se le contraía a medida que sus miradas se deslizaban por su cuerpo. Habría querido creer que se trataba de un sueño, pero estaba sucediendo de verdad. Se sentía indefensa; apretó los puños a ambos lados del cuerpo, temblando con una mezcla de pánico y rabia.

El hombre que estaba a su lado volvió a hablar, y cuando los demás respondieron a gritos, Abby se dio cuenta de lo que estaba pasando: estaba siendo subastada al mejor postor.

El terror se apoderó de ella y comenzó a sacudir la cabeza, intentando gritar y decirles que no podían hacerlo, pero las palabras quedaron atrapadas en su garganta; tenía las cuerdas vocales paralizadas.

Cerró los ojos para dejar de ver sus lascivas miradas, pero los abrió como platos cuando el hombre le desabrochó la blusa de un tirón y los hombres aplaudieron al verla en sujetador.

La ira atravesó la capa de miedo y, sin pararse a pensar en las consecuencias de sus actos, Abby le lanzó un gancho al hombre, que impactó con fuerza en su hombro.

Alguien rio y la expresión inicial de sorpresa y dolor del hombre se transformó en algo más amenazador. Abby decidió en una fracción de segundo que no podía dejar ver su miedo, alzó la cabeza y se recogió la blusa sobre el pecho. El hombre avanzó hacia ella mascullando palabras que ella no entendía pero cuya intención amenazadora era evidente.

Alzó la mano para golearla, pero de pronto se quedó paralizado, como todos los demás, cuando un jinete entró al galope en el centro del círculo, causando el caos entre los hombres, que tuvieron que desplazarse precipitadamente para no ser pisoteados. Justo cuando pareció que el jinete iba a saltar por encima de la hoguera, detuvo el caballo en seco.

El jinete, habiendo logrado una entrada en escena que habría hecho ganar varios Oscar a una película, miró alrededor con calma, tomándose su tiempo y sin inmutarse ante los rifles que lo apuntaban.

Tras unos instantes, dejó caer las riendas. El animal no se movió ni un centímetro y el jinete desmontó con una mezcla de arrogancia y desdén.

La posibilidad de que proyectara aquella imagen por la posición de superioridad que le proporcionaba estar subido al caballo, desapareció cuando caminó con una suprema elegancia y autoridad hacia Abby,

que contemplaba tan atónita como el resto su alta figura envuelta en la ligera túnica que flotaba al viento.
Irradiaba una masculinidad que iba más allá de su
ropa y de sus botas de montar; debía medir cerca de
los dos metros y sus hombros eran lo bastante anchos
como para soportar esa altura.

Los demás hombres también llevaban indumenta-
ria árabe, pero ahí acababa la similitud con él. Ellos
eran especímenes degradados de la humanidad. Aquel
hombre era… espectacular.

Abby registró ese hecho sin dejarse engañar y sabiendo que podía ser tan peligroso, sino más, que los
demás. En sus circunstancias, era absurdo que perci-
biera detalles así, pero pensó que tenía unas facciones
perfectas, angulosas y simétricas, de una hermosura
dramática que despertó en ella un interés inmediato.

El recién llegado sostuvo la mirada del hombre que
estaba junto a Abby hasta que este bajó el brazo. Entonces, se acercó a Abby y la observó, y aunque no
hubo en su mirada la más mínima obscenidad, ella se
sintió turbada, y notó una tensión en el vientre al seguir el recorrido de sus ojos azules.

Abby alzó la barbilla y puso los brazos en jarras,
mirándolo fijamente hasta que la brisa le hizo recordar que su blusa rasgada seguía dejando gran parte de
su piel expuesta. Agachó la cabeza y trató de aboto-
narse con dedos temblorosos. El primer botón había
saltado, así que tuvo que elegir entre taparse los senos
o el vientre y optó por los senos.

Pensó que se había imaginado un destello de admiración por parte del jinete, antes de que se volviera
para hablar con el hombre que había actuado de su-
bastador.

Tenía una voz grave y profunda, aterciopelada.

Sus palabras hicieron que uno de los hombres que había estado pujando se adelantara y gesticulara. Cuando llegó hasta Abby, ella se echó hacia atrás y contuvo el aliento para librarse de su asqueroso aliento. Se encogió y cerró los ojos cuando él le asió el cabello, y se preparó para sentir dolor. Pero en lugar de eso, el hombre le soltó el cabello y el hedor se alejó. Con la cabeza agachada, Abby abrió los ojos y vio al hombre a unos centímetros. Aunque seguía cerca, ya no centraba su atención en ella, sino en el hombre alto y misterioso, que sonreía mientras le sujetaba el brazo con fuerza, aparentemente ajeno al filo del cuchillo con el que el otro lo amenazaba.

Abby los observó aterrada, con el corazón desbocado y sintiendo que le daba vueltas la cabeza. Aunque se sentía extrañamente disociada de la escena, como si la viera en una película, aquello no tenía nada de ficción. Era tan real como el sabor metálico a miedo que sentía en la boca.

La muda guerra de desgaste duró unos segundos, hasta que el hombre desvió la mirada y guardó el puñal en su funda.

Había sido humillado y no iba retirarse con gallardía. Empezó a gesticular y a gritar, pero Abby observó que los pocos gruñidos de aprobación de su audiencia fueron acallados por los demás. Claramente, había perdido.

El alto jinete parecía ajeno a la creciente tensión mientras hablaba suavemente con el hombre que había estado dirigiendo la subasta.

El que había pujado por ella, se inclinó para escuchar y alzó las manos, volviéndose hacia la audiencia para invitarles a compartir su indignación. Como respuesta, se elevó un rugido contenido.

Por su parte, el alto desconocido seguía actuando como si no fuera consciente de la amenaza que se iba tejiendo a su espalda, a la vez que alzaba una mano, se quitaba un anillo y lo dejaba en la palma extendida del otro hombre, antes de quitarse el reloj y añadirlo al botín.

El hombre sacó una linterna del bolsillo, se giró a examinar las piezas y sin añadir palabra, asintió y gritó algo al otro hombre, que se aproximó con un papel enrollado. Lo desenrolló y lo dejó sobre un baúl que hacía las veces de mesa.

¿Era un contrato de compra-venta?

La idea provocó en Abby una mezcla de repulsión e incredulidad. No podía ser verdad, era demasiado inverosímil.

Sin ni siquiera mirarla, el jinete la tomó por el brazo y tiró de ella hacia el baúl. Tomó el bolígrafo que le tendieron y firmó en el papel. Luego le pasó el bolígrafo a ella, que lo miró como si fuera una serpiente y negó con la cabeza.

–¿Qué es eso?

La música que escapaba de varios de los camiones que había ahogado la llegada de Zain, volvió a acudir en su ayuda al permitirle murmurar sin ser oído:

–Ya leerás luego la letra pequeña –dijo con una urgencia que indicaba que cuanto más tiempo tardaran en marcharse, menos posibilidades tendrían de lograrlo–. Si quieres volver a tu casa, firma ya.

Abby lo miró perpleja. No había esperado respuesta a su pregunta, y menos aún en perfecto inglés.

Tomó aire. Lo exhaló lentamente y asintió. Luego se inclinó y firmó con tal temblor en los dedos que el extraño tuvo que ayudarla a sostener el bolígrafo. Abby deslizó la mirada desde la fuerte mano que se curvaba sobre la suya hacia la firma que fue apareciendo en el papel como si no tuviera ninguna conexión con ella.

El hombre le quitó el bolígrafo y ella permaneció de pie como una estatua, consciente de un murmullo de desaprobación a su derecha que fue elevándose y convirtiéndose en un clamor cuando el jinete enrolló el papel y se lo guardó en el bolsillo interior de la túnica.

La mujer lo miró con sus ojos verdes en estado de shock, pero Zain no podía permitirse sentir lástima por ella, debía pensar con claridad. No había nada como estar entre la vida y la muerte para concentrar la mente, pensó Zain sonriendo para sí.

Era plenamente consciente de la discusión acalorada que sostenían los hombres a su espalda, y en que se estaban formando bandos.

–Vamos –dijo entre dientes.

Tomó a la mujer por el brazo y notó que temblaba, pero no había tiempo para tranquilizarla. Tenían que salir del campamento antes de que alguien lo reconociera y se diera cuenta de que valía mucho más que ella, a pesar de su cabello pelirrojo, sus curvas y sus piernas… Cortó aquel inventario y alzó la mirada de los torneados miembros en cuestión.

–¿Puedes caminar? –preguntó sin rastro de compasión.

A pesar de que le temblaban las piernas, la mujer lo miró con la cabeza alta y dijo:

–Por supuesto que sí.

Aunque algo tambaleante, lo siguió.

–No tenemos todo el día… –a pesar de la frialdad con la que la estaba tratando, a Zain le admiraba que fuera capaz de moverse en lugar de tener un ataque de histeria–. No te retrases.

Ella le lanzó una mirada resentida.

–Eso intento –masculló entre dientes.

–Pues ponle más empeño antes de que se den cuenta de que pueden volver a raptarte a pesar de que te he comprado como esposa –Zain deslizó la mirada desde su melena pelirroja a sus sensuales curvas antes de dirigirla a su propia mano, tan extraña sin el anillo que había llevado desde los dieciocho años–. O a mí –susurró.

Afortunadamente, era el reemplazo, y no el heredero.

A través de sus pobladas pestañas calculó cuántos hombres podrían alcanzarlos a ellos y al caballo que los esperaba. Le tranquilizó ver que seguían enfrascados en una discusión acalorada porque el verdadero peligro residía en que se aliaran en contra de él y de la pelirroja.

Ninguno de sus pensamientos se reflejó en su lenguaje corporal gracias a que hacía años que había aprendido que las apariencias eran importantes. No por una idea trasnochada de que un macho no debía mostrarse débil, sino por puro sentido común. La debilidad siempre podía ser explotada por el enemigo, y más aún si este portaba armas.

Cuando la mujer se detuvo súbitamente al llegar junto al caballo, la miró con impaciencia.

–No va a morderte –dijo.

La única experiencia que Abby tenía con equinos consistía en un burro que había montado en la playa. Aunque solo tenía once años, los pies prácticamente le tocaban el suelo mientras el manso animal caminaba lentamente y la miraba ocasionalmente con ojos de tristeza. El que tenía ante sí, era enorme y sus ojos no tenían nada de mansos.

—Creo que no le gusto.

El misterioso desconocido ignoró el comentario y montó antes de tirar de ella y colocarla diestramente en la silla delante de él. Jadeante, Abby se asió a lo primero que pudo, el jinete, cuyo cuerpo musculoso y duro pudo sentir a través de la ropa.

Solo cuando el caballo dejó de moverse como una bailarina temperamental y vio que no se caía, resonó en sus oídos algo que Zain había dicho.

—¿Me has comprado como esposa?

—¿Puedes hacer algo con tu pelo? No veo nada… —Zain le retiró la melena a un lado, y espoleó al caballo—. Sí, acabamos de casarnos

Ella se volvió con los ojos desorbitados al tiempo que el hombre ponía al caballo a pleno galope. Abby se asió con fuerza y cerró los ojos, rezando en silencio. Percibió más que oyó la risa del hombre al ver que, para proteger su rostro del aguijoneo de la arena, lo giraba y lo ocultaba en su hombro.

—Agárrate fuerte.

Abby no tenía la menor intención de soltarse ni de abrir los ojos. En cualquier caso, no habría podido ver nada en medio de la noche cerrada y no tenía ni idea de dónde iban… Ni de si era verdad que estaban casados.

El caballo mantuvo su paso acelerado sin la menor

vacilación y al cabo de un rato el ritmo mantenido ejerció un efecto calmante en Abby que la liberó de parte de la rigidez que le había provocado el pánico y le permitió alzar el rostro del hombro del jinete.

–¿Nos están siguiendo?

–Puede que sí. Solo he podido sabotear la mitad de los motores antes de… –Zain contuvo un juramento al recordar el momento en el que el hombre había amenazado con pegarla–. ¿Te han hecho daño… de cualquier tipo?

–No, no me han hecho nada –Abby se llevó la mano a la boca para contener un bostezo.

Ya no era el miedo, sino el agotamiento lo que le impedía mantener los ojos abiertos. Pero sentía la necesidad de hacer algunas preguntas. Al menos averiguar quién era…

–Esto es absurdo –dijo a la vez que se le escapaba otro bostezo.

–No –dijo él–. Es pura fisiología. El estado de shock afecta a la química del cuerpo.

Y, se dijo, la importancia de la química no debía infravalorarse, tal y como él mismo había comprobado al sentir un estallido de ira cuando había visto a los hombres exhibirla como si fuera un trozo de carne.

–No estoy en shock –dijo ella con un leve tono retador al tiempo que se obligaba a mantener los ojos abiertos.

Zain la miró brevemente. Solo podía ver la parte alta de su cabeza y parte de su barbilla, en la que se apreciaba la determinación. Pero había necesitado más que eso para lanzar un puñetazo a su agresor. Tal vez había sido una estupidez, pero había necesitado agallas.

–El peligro ha pasado y tus niveles de adrenalina están bajando.

Abby dejó escapar una risita, como si le hiciera gracia estar fuera de peligro.

–¿Encuentras graciosa la situación?

–Si prefieres, puedo ponerme histérica –dijo ella, irritada–. Estoy mareada –le advirtió súbitamente

–Contrólate –dijo él, sabiendo que no podían parar.

Afortunadamente para ambos, se le pasaron las náuseas, pero el agotamiento la venció, y pronto Zain sintió el peso de su cuerpo relajarse contra el suyo, al tiempo que su respiración se apaciguaba.

Zain la recogió contra sí y espoleó al caballo mientras por fin encontraba un resquicio de calma en su mente. Para conseguirlo, solo había necesitado que lo atacaran, tener que entregar a unos bandidos una joya que había pertenecido a su familia durante generaciones y tener a una mujer hermosa, aunque desaliñada y sucia, reposando suavemente en sus brazos. Justo cuando había creído que la vida se estaba volviendo demasiado predecible.

Dirigió la mirada hacia el este donde podía intuir una franja de luces que indicaba que los perseguían, pero llevaba ventaja y si se desviaba hacia el oasis de Qu'raing, los despistaría.

El peligro había pasado… ¿Por qué, entonces, tenía la sensación de que estaba a punto de enfrentarse a otro?

Capítulo 3

HORA de estirar las piernas.

Abby masculló algo, adormecida, pero aunque no hizo caso a la voz sí notó el crujido del cuero y la súbita pérdida de contacto con la cálida muralla contra la que estaba apoyada.

Abrió los ojos con dificultad y parpadeó… El suelo estaba a metros de distancia y el caballo que montaba se removía inquieto.

¿Cómo había conseguido quedarse dormida?

Se desperezó para estirar la columna y al perder el equilibrio se asió a lo primero que encontró: la crin del caballo. Cuando creyó estar segura, se soltó para retirarse el cabello que le cubría el rostro y le impedía ver.

Se inclinó levemente hacia adelante y de pronto su mirada se fijó en el hombre alto que la observaba de brazos cruzados. Por voluntad propia, sus ojos lo recorrieron desde las botas llenas de polvo hasta el rostro, que ya no quisieron abandonar. Tenía el tipo de belleza que quitaba el aliento. La simetría de sus facciones marcadas y su piel cetrina, que contrastaba con el turbante blanco, eran arrebatadoras.

Apartó la mirada súbitamente, recriminándose por pensar, en medio de aquellas circunstancias, que tenía unos labios sensuales… Pero todo lo que le estaba pasando tenía carácter de experiencia extrasensorial

–Preferiría que no nos paráramos –dijo.

–¿Ah, no? –dijo el hombre en tono sarcástico.

Abby se ruborizó.

–Es que… No estaba sola cuando me… –sintió una súbita náusea, un eco del miedo que había pasado cuando la tiraron en el camión. Respiró profundamente para recuperarse–. Cuando me raptaron.

Él la observó atentamente.

–Me acompañaban tres hombres… Tenemos que ir a… –Abby calló a media frase, frustrada con la aparente falta de comprensión del hombre.

–Son tres hombres adultos.

–¿Los has visto? –preguntó aliviada. Cuando él asintió con la cabeza, continuó–: ¿Están bien? ¿Conseguisteis arrancar el coche?

–Están a salvo. Pueden sobrevivir una noche en el desierto.

–¿No has informado a nadie de su situación?

–Encontrarte a ti era la prioridad.

Abby se mordió el labio.

–Y te estoy muy agradecida. Es solo que me preocupan mis amigos.

–¿Alguno de ellos particularmente?

La insinuación hizo que Abby se ruborizara.

–Son mis compañeros de trabajo. Soy modelo. Y ahora, si no te importa, me gustaría ir a verlos.

–Como quieras.

El hombre retrocedió y alargó el brazo hacia la vasta extensión de ondulante arena. El sol empezaba a asomar y coloreaba el horizonte con una franja roja. Zain sabía que ella estaba viendo solo un aterrador vacío, mientras que él sabía que estaba lleno de vida, y que a su alrededor las criaturas nocturnas que lo habitaban estaban escondiéndose para protegerse del calor del día.

–¿Hacia dónde sugieres que vayamos? –preguntó.

Abby disfrazó su frustración con una respuesta infantil.

–Quieres decir que me calle y haga lo que me mandas porque tú sabes mejor lo que hay que hacer.

Él consideró el comentario con gesto reflexivo.

–Estoy seguro de que en el desierto, sí –contestó con calma–. ¿Vas a bajar?

–¿Dónde estamos?

Claramente, no se trataba de ningún lugar habitado. Con la primera luz podía apreciar algo de hierba bajo sus pies y algunos arbustos que bloqueaban la vista hacia un lado. A su espalda se prolongaba una extensión infinita de arena, coloreada de rosa por la luz del amanecer. Abby se estremeció.

Zain no había visto nunca una piel tan perfecta, ni unas facciones tan nítidas, ni… Detuvo la lista de atributos bruscamente. Su belleza la había convertido en víctima, pero no dudaba que en numerosas ocasiones la habría usado a su favor, consiguiendo que los hombres se comportaran como idiotas por ella.

Zain se obligó a alzar la vista desde sus piernas, que parecían hipnotizarlo, hasta su rostro y sonrió para sí al darse cuenta de que por más que su corazón estuviera congelado, su libido seguía a pleno funcionamiento.

–¿No es un poco tarde para tanta cautela? –preguntó con sorna.

Quizá debía escuchar a su libido… No, ni en ese

momento ni con una mujer que no parecía ser consciente de hasta qué punto era vulnerable. Y eso que el sexo sin ataduras era un método de eficacia probada para pasar página y, desde su punto de vista, mucho más placentero que dejarse llevar por el victimismo u optar por la abstinencia.

El sexo era saludable si no se mezclaba con los sentimientos, y hacía años que los tenía bajo control… casi siempre. Aunque no hubiera sido así cuando vio por primera vez a la mujer raptada.

Cuando había partido en su busca, no se había formado ninguna imagen de cómo sería. Se trataba de una persona, sencillamente. Pero nada de lo que hubiera podido imaginar lo habría preparado para lo que encontró.

No había necesitado el ruido ensordecedor de la música que salía de los camiones para entrar sin ser advertido en campamento porque todos los hombres estaban concentrados en ella. Y Zain lo había entendido al instante. Apenas había necesitado una fracción de segundo para apreciar su sensual cuerpo, las piernas interminables, las sinuosas curvas, la pálida piel y la embrollada maraña de llameante cabello castaño rojizo. No había nada artificial en ella; era solo una mujer natural y deseable.

El agotado cerebro de Abby tardó unos segundos en entender la crítica implícita en el comentario de Zain.

–¿Insinúas que ha sido culpa mía que me raptaran? Una de las cosas que más me molestan de quien culpabiliza a las víctimas… Aunque yo no lo sea… Quiero decir… Pero ¡qué más da!

Abby levantó los brazos, perdió el equilibrio y unos segundos más tarde caía en los brazos abiertos de Zain.

El impacto contra su torso de acero hizo que exhalara el aire al tiempo que la mano que le rodeaba la cintura la depositaba suavemente sobre la arena. En el recorrido, Abby pudo comprobar que todo él parecía hecho de acero. La sensación fue tan intensa, que tardó un instante en calmar su errática respiración para protestar:

–Suelta-me.

Él lo hizo con una delicadeza rayana en la ternura.

–No soy yo quien te sujeta –indicó con una mirada burlona los dedos de ella, que se asían con fuerza a las mangas de su túnica.

Antes de que Abby pudiera reaccionar, las cejas del hombre se juntaron sobre sus espectaculares ojos azules.

–¿Qué es eso?

Abby se llevó la mano a la inflamación del brazo que él miraba acusadoramente.

–Supongo que una picadura.

Él le puso una mano en la frente y con la otra le extendió el brazo para inspeccionarlo.

–¡Me haces daño! –exclamó Abby.

–Así que te vistes como si fueras a jugar un partido de vóley en la playa y no te pones repelente de insectos. ¿Tienes idea de lo peligroso que es el desierto?

Resistiendo el impulso de estirarse los shorts, Abby alzó la barbilla y explicó:

–Era una sesión fotográfica. Yo no elegí el vestuario y sí me puse repelente –en realidad había sido crema de protección solar–. Si no te importa, querría volver al hotel.

Zain rio.

—No soy un taxista.

La arrogante respuesta hizo que Abby se sintiera avergonzada de sonar como una turista snob. Su cambio de actitud desconcertó a Zain.

—Claro que no, perdona. Y supongo que es tarde para... Muchas gracias —dijo con una gratitud sincera.

Él frunció el ceño y dijo:

—No necesito tu agradecimiento.

—Pues lo tienes igualmente —dijo ella con la voz quebrada

—En cualquier caso, ¿qué hacíais solos en medio de la nada? —preguntó él.

Abby tomó aire y contuvo las lágrimas que le quemaron los ojos, diciéndose que debía de concentrarse en los hechos y no en sus emociones.

—Deberíamos de haber estado más cerca de la ciudad, pero nadie había tenido en cuenta la boda. ¿Sabías que...? Da lo mismo —Abby desvió la mirada de él porque su penetrante mirada le impedía concentrarse—. El caso es que los controles de seguridad complicaron mucho las cosas —habían tenido que esperar en el aeropuerto hasta que les dieron permiso para hacer el trabajo—. De hecho, cuando me... —Abby cayó bruscamente, llevándose la mano a la garganta al revivir el instante en el que el hombre la había zarandeado—: me pregunté si no se trataba de un montaje publicitario.

Se frotó los brazos al recordar la espantosa sensación de impotencia.

—Me siento sucia —no se refería solo a la arena que le cubría la piel ni a las manchas en su inadecuado vestuario.

–Ven –Zain indicó unos árboles–. Date un baño.

Abby parpadeó ante la inesperada respuesta.

–El caballo necesita beber –Zain tomó las riendas del caballo y se acercó hacia la vegetación.

La hondonada no se apreciaba desde donde estaban, lo que explicaba que Abby no hubiera visto los árboles y las palmeras más altas. Un oasis significaba agua y pronto la alcanzaron: un arroyo burbujeante que se deslizaba como una cinta plateada entre los árboles. Ni el jinete ni el caballo vacilaron, y Abby entendió por qué al ver que el arroyo desembocaba en un lago turquesa bordeado de palmeras.

Su reciente exposición a los horrores de la vida había sensibilizado a Abby hacia su belleza y exclamó:

–¡Qué preciosidad!

El desconocido la observó mientras ella combatía las lágrimas y se llevaba la mano a la boca. Abby era consciente de que presentaba un aspecto frágil, pero el orgullo y la determinación la obligaban a mantenerse fuerte.

–Tenemos que hacer algo con tu brazo.

La dulzura con la que él habló abrió las compuertas del llanto y las lágrimas se deslizaron por las mejillas de Abby al tiempo que los sollozos le sacudían el cuerpo.

Sin pensárselo, Zain se aproximó, la tomó por los brazos y permaneció cerca, sin tocarla, con la barbilla apoyada en su cabeza mientras ella lloraba desconsoladamente. Ver el combate que ella había lidiado entre su miedo y su orgullo había tocado una parte de su corazón que ni siquiera sabía que tuviera.

El llanto fue remitiendo y Abby finalmente se separó de él, más avergonzada que agradecida.

–Debo de tener una aspecto horroroso –dijo sorbiéndose la nariz sin mirarlo.

–Sí –asintió Zain, que estaba demasiado distraído con la escena que tenía lugar en su mente como para mostrar más tacto.

La tenía debajo de su cuerpo, arqueando la espalda mientras él la penetraba profundamente…

Apenas la conocía hacía unas horas, pero las imágenes eróticas empezaban a ser recurrentes y cada vez más detalladas. Él era un hombre de acción y nunca había pensado que las fantasías pudieran ser un sustituto de la realidad. Pero hasta ese momento no había sido consciente de lo frustrantes que resultaban.

La respuesta de Zain hizo que Abby lo mirara. Sin poder contener la risa, dijo:

–Al menos eres sincero. Lo que significa que estoy a salvo… –hizo una breve pausa y añadió–: He llegado a pensar que…

Abby tenía un rostro muy expresivo y Zain pudo prácticamente ver la pesadilla que se le estaba pasando por la cabeza.

–Pues no pienses –le aconsejó. Y la culpabilidad por sus propios pensamientos lascivos hizo que sonara más brusco de lo que había pretendido.

–Solo estoy aliviada de encontrarme a salvo –y junto con el alivio, Abby sentía un profundo agotamiento.

Zain la ayudó a sentarse al borde del lago y luego fue hasta el caballo para volver con una cantimplora.

Poniéndose en cuclillas delante de Abby, la abrió y se la dio.

Abby bebió ansiosamente, se frotó los labios con el dorso de la mano y se la devolvió.

Zain se dio cuenta de que no podía llamarla «Pelirroja» y no recordaba cómo se habían referido a ella sus compañeros.

—¿Cómo te llamas?

—Abby. ¿Y tú?

—Zain. Déjame ver tu brazo, Abby.

Lo inspeccionó antes de asentir con la cabeza y mirar alrededor.

—Espera aquí.

Abby dudaba que hubiera podido moverse aun queriendo. Lo siguió con la mirada, admirando la elegancia con la que se movía: la combinación de fuerza y gracilidad en perfecta coordinación… y apartó la mirada sintiéndose culpable.

Aunque… ¿qué mal había en mirar?

De hecho, cualquier mujer a la que le resultara indiferente la belleza de aquel hombre tenía que estar loca o ser una mentirosa.

—Puede que esto te escueza.

Abby se mordió el labio para no gritar cuando él echó agua sobre la picadura antes de ponerle unas hojas sobre la inflamación.

—¿Qué ese so?

—Hojas de margosa. Sujétalas.

En aquella ocasión caminó hasta el agua. Y se soltó la cinta dorada que le afianzaba el tocado antes de retirarse la faja blanca que le cubría la cabeza.

Abby se quedó sorprendida al ver que, en lugar del cabello largo que había imaginado que tenía, lo llevaba corto y era casi negro, excepto por un mechón más claro en la parte delantera.

Su fascinación se intensificó al ver cómo se refrescaba el rostro antes de sacar de entre los pliegues de la túnica un cuchillo.

Entonces se volvió y Abby desvió la mirada, avergonzada de que la encontrara observándolo como una cría con la nariz pegada al cristal de una tienda de golosinas, excepto que los pensamientos que le pasaban por la mente no tenían nada de infantiles.

–¿Qué es la margosa? –preguntó mientras él cortaba en tiras la tela blanca.

Todavía en cuclillas, él señaló hacia arriba.

–Un árbol. Aquel que ves ahí.

Abby se protegió los ojos del sol y miró hacia las copas de los árboles.

–Se usa desde hace siglos como antiséptico –continuó él–. Esperemos que funcione.

–¿Eso no son leyendas?

–Los estudios científicos avalan sus propiedades curativas. Hay varias farmacéuticas interesadas, y en Aarifa hay un proyecto para plantación con ese fin. Crece deprisa y puede sobrevivir a las sequías.

Abby pareció más impresionada que el consejo de ancianos, todos ellos hombres, cuando Zain les había dado aquella misma explicación. Ocupaban el poder desde hacía décadas y desconfiaban de todos los nuevos proyectos que él proponía. Pero Zain creía en ello y había insistido en colaborar con la industria. Finalmente, se había demostrado que estaba en lo cierto.

El proyecto había resultado un éxito comercial, atrayendo la inversión de compañías extranjeras y creando numerosos puestos de trabajo, además de inspirar otros negocios, como el desarrollo de una línea cosmética.

Abby se retiró el cabello de la cara mientras él tomaba una hoja y la desmenuzaba entre sus dedos antes de presionarla contra la tela mojada.

–Suenas como un profesor.

Zain alzó la mirada por un instante de su tarea.

–No lo soy.

Era consciente de que Abby sentía curiosidad por saber más de él, pero que, por discreción, no lo bombardeaba a preguntas.

–Debería machacarla del todo para formar una pasta, pero esto será mejor que nada –comentó.

–¿Dónde has aprendido estas cosas? ¿Vives en el desierto? –preguntó Abby.

Y Zain volvió a dar una respuesta vaga.

–La vida en el desierto es más sencilla.

Y le fascinaba, pero solo era temporal. El mes sabático que se tomaba todos los años para volver junto a la familia de su abuela paterna, que mantenía las costumbres tradicionales de una tribu beduina, aquel año se había reducido a dos semanas… Que pronto serían solo un recuerdo.

–Puedes soltar.

Quitó la hoja que había puesto en el brazo de Abby y la sustituyó por la tela que contenía las hojas machacadas, envolviéndole el brazo con ella.

–¿Está demasiado prieta? –preguntó.

Abby negó con la cabeza.

–Pero el zapato sí me aprieta –comentó, haciendo

girar el pie derecho–. Tengo un pie mucho más grande que el otro.

Zain la miro como si estuviera loca.

–Tienes que beber más agua.

–Gracias –Abby se acercó la cantimplora a los labios antes de que algo la distrajera. Quizá un recuerdo.

Zain vio como fijaba la mirada perdida en el horizonte. Reaccionó a tiempo de sujetar la cantimplora cuando esta se le cayó de la mano.

Su parte más cínica quería creer que su vulnerabilidad era fingida cuando Abby parpadeó como un bebé, pero sabía que no era así.

–La imaginación puede ser muy traicionera –dijo con una frialdad que disimuló la compasión que sentía.

Abby asintió en silencio, palmeando la mancha húmeda que le había dejado el agua al caer sobre su pecho. El movimiento atrajo la mirada de Zain y puso en marcha su propia imaginación.

Traicionera, casi siempre. Dolorosa, sin duda.

Tomó aire lentamente para contener una descarga violenta de deseo, lo que no fue nada fácil teniendo en cuenta que en su mente le acariciaba los senos al tiempo que inclinaba la cabeza para saborear el dulzor de sus pezones…

–La picadura está infectada.

Capítulo 4

ABBY lo miró, preguntándose qué había dicho para irritarlo.

—En cuanto lleguemos a la civilización tienes que ir al médico. Necesitas antibióticos —Zain se puso en pie y le tendió la mano.

Abby la tomó y al quedarse en pie a su lado, volvió a ser inquietamente consciente de su poderoso físico. Estaba acostumbrada a tener que mirar a los hombres hacia abajo, o como mucho al mismo nivel, y hasta hacía poco, había encorvado los hombros, avergonzada de ser tan alta.

—¿Cuánto tiempo tardaremos en llegar a la ciudad? —preguntó, frotándose un muslo.

—Una media hora, ahora que el caballo ha descansado.

El animal, como si supiera que se le nombraba, se acercó y empujó con el hocico a su dueño.

Así que pronto recuperaría la normalidad… Abby frunció el ceño, preguntándose por qué no se alegraba más. Se recordó que era feliz, que tenía una vida que muchos envidiaban y que, por encima de todo, le permitía subsistir y ayudar a sus abuelos.

—¿Hablabas en serio respecto a lo de… estar casados?

Había confiado en que él se riera, porque era infinitamente mejor que se hubiera burlado de ella a estar casada con un desconocido.

–No te preocupes, lo arreglaré.

La admisión de que hubiera algo que tenía que ser «arreglado» le formó un nudo en el estómago.

–¿Cómo, usando tu varita mágica y chasqueando los dedos? ¿O tienes un bufete de abogados a tu disposición?

–Lo arreglaré –repitió él con calma.

Abby no pudo disimular su escepticismo, pero prefirió creer que no había nada que resolver.

–Supongo que debería denunciar lo que me ha pasado.

La idea de tener que explicarle lo sucedido a una policía extranjera y que no necesariamente sería comprensiva, la inquietaba.

–Te dejaré en la embajada británica. Ellos se ocuparán de todo.

–Gracias –contestó Abby.

Le tendió la mano para estrechársela, pero entonces le pareció que era un gesto de una formalidad innecesaria y se inclinó hacia adelante, justo en el momento en el que el caballo decidió empujarla con el hocico por el trasero, echándola literalmente en brazos de su dueño.

Zain la sostuvo en sus brazos pero, extrañamente, ella tuvo la misma sensación que si se hubiera caído al vacío cuando alzó la mirada hacia su bello rostro. Segura entre sus brazos, movió los codos para intentar soltarse, pero la urgencia de separarse desapareció a la vez que observaba los maravillosos ángulos de las facciones de Zain.

–Yo…

Su voz se apagó al sentir un temblor recorrer el cuerpo de él, lo que a su vez le aceleró el corazón. Oyó la voz del sentido común susurrarle en tono mojigato, pero la ignoró. La vida era corta, tal y como había comprobado hacía apenas unas horas, y había que asumir riesgos.

No podía apartar los ojos de un nervio que palpitaba en la mejilla de Zain. Suspiró con fuerza y repitió:

–Yo solo…

Zain tragó saliva. Sentía que se asía con las uñas al último rastro de su autocontrol. Era como un hombre caminando por un alambre, que anhelara caer a la red de los voluptuosos labios de Abby.

Ella levantó los brazos hasta tocar su rostro y recorrerlo como en estado de trance.

Cada célula del cuerpo de Zain se congeló. Se aferró a los restos de un autocontrol que desconocía tener y tomándola por las muñecas, la separó de sí.

Despreciaba a los hombres que se aprovechaban de las mujeres. Al jefe que utilizaba su posición de poder, al tipo del bar que abusaba de la mujer que no podía tenerse en pie, al «mejor amigo», que se ofrecía a consolarla después de un divorcio doloroso. Para él, eran hombres débiles, como su hermano, que despreciaban cualquier cosa que sonara a tener escrúpulos.

La idea de parecerse a su hermano le heló la sangre. ¡Y eso que la tentación era enorme!

–Abby…

–Solo quiero darte las gracias –Abby se puso de puntillas en una invitación muda.

Zain agachó la cabeza; por una fracción de segundo se miraron y él vio reflejado en los ojos de Abby el mismo deseo que él sentía. Ella suspiró cuando él la besó y Zain cerró los ojos para entregarse plenamente al delicioso contacto de sus sensuales labios.

Era una locura, pero una maravillosa locura. No tenía sentido, pero daba lo mismo… No era una cuestión de lógica, si no de necesidad. Una necesidad que Abby no había sentido jamás, una necesidad a años luz de los sentimientos que los torpes besos de Gregory habían despertado en ella.

El sonido de un gemido que vibró en el poderoso pecho de Zain aumentó la embriagadora excitación que le recorría las venas. Y cuando él la estrechó contra sí, haciéndole sentir su dura erección, Abby se sintió invadida por un placer primario.

Y entonces, tan rápidamente como había comenzado, terminó. Zain la levantó del suelo y la dejó a medio metro de él. Ella parpadeó como un nadador emergiendo para tomar agua. Entonces se dio cuenta de lo que había pasado y sintió una espantosa vergüenza.

—Perdona.

¿Por qué?, pensó Abby, ¿porque no te gusto?

—No es por mí…, sino por ti —añadió él.

Recuperando el orgullo, alzó la barbilla. Afortunadamente, con los años había aprendido a reaccionar ante las situaciones incómodas, no como en su adolescencia, cuando su cita con uno de los chicos más deseados del colegio había resultado ser una broma de mal gusto para reírse de ella.

–Me lo suponía –mintió.

–Necesitas atención médica, no…

–Un revolcón en el heno –concluyó Abby por él, con la lección bien aprendida de que era mejor reírse de uno mismo antes de que lo hicieran los demás–. Tienes toda la razón –concedió, aunque pensó que lo que necesitaba era un psiquiatra.

¿Qué demonios estaba haciendo? Jamás había actuado así. El recuerdo de sus manos y sus labios sobre los de ella hizo que quisiera que se la tragara la tierra, un sentimiento que recordaba de sus días de colegio cuando era la diana de las chicas de éxito y el hazmerreír de los chicos, porque era muy alta y delgada. El episodio de la cita falsa había sido la última gota, tras el que se encerró aún más en sí misma. A cambio, había sacado unas notas magníficas.

A la situación presente, por el contrario, no le veía ningún ángulo positivo.

–Podemos irnos cuando quieras. Ah, y espero que estés calculando lo que te debo por tu tiempo y por… –calló bruscamente, preguntándose cuál sería la tarifa por salvarle a alguien la vida.

Zain dejó pasar el insulto. Abby habría estado más cómoda si se hubiera ofendido, pero su comprensiva expresión la hizo sentirse aún peor.

–¿Qué te parece si lo llamamos…? –una expresión que Abby no supo identificar cruzó el rostro de Zain antes de que concluyera–: Llegar en el preciso momento.

Abby pensó que podía llamarlo como quisiera, pero no entendió qué quería decir exactamente.

–Vale.

Resultaba difícil proyectar una imagen de distante

indiferencia cuando se cabalgaba sobre un caballo al galope, así que Abby sintió un enorme alivio al ver las torres y minaretes de la ciudad amurallada.

Era extraño que, después de todo lo que había sucedido, fuera la humillación de haberse ofrecido a él como una adolescente, lo que la mortificaba.

Estaba furiosa consigo misma por haberse puesto en la situación de dejarse humillar, porque le importara, y también estaba furiosa con él. Especialmente con él.

Solo al ver el primer control policial de entrada, se dio cuenta de que podían tener dificultades para que les dejaran entrar.

Salir había sido ya bastante complicado a pesar de que tenían una pila de documentos con sello oficial. En aquel momento, ni siquiera tenía el pasaporte con ella y el hombre que la acompañaba tenía el tipo de aspecto que haría saltar cualquier alarma de seguridad.

Quizá él se estaba planteando lo mismo, porque detuvo el caballo a buena distancia del control, desmontó y le dijo que desmontara.

Ella rechazó la mano que le tendió en un gesto de infantil rebeldía.

–¿Tienes los permisos necesarios? ¿Quieres que hable con ellos?

–Espera aquí.

No estaba claro si hablaba con ella o con el caballo, pero ni siquiera se volvió, así que debía de estar seguro de que había sido obedecido.

Abby lo observó mientras iba directo hacia los hombres uniformados, y confió en que no los tratara con la misma arrogancia. La conversación duró apenas unos minutos y los guardas mantuvieron los fusiles cruzados sobre el pecho, lo que Abby tomó como una buena señal.

Su ansiedad aumentó con el paso de los segundos. ¿Estarían interrogándolo? Cuando finalmente se volvió y caminó hacia ella, sintió un inmenso alivio que se desvaneció al ver que uno de ellos trotaba para darle alcance. Tras lo que para Abby fue una eternidad, llegaron junto a ella. Zain mantenía una expresión indescifrable y el guarda, indicándola con la mano, dijo algo que, lejos de sonar agresivo, pareció casi respetuoso.

—Dice que lamenta lo que has padecido y confía en que no te lleves una mala impresión de nuestro país.

Abby sonrió al hombre y preguntó:

—¿Eso es lo que ha dicho?

—Literalmente —respondió Zain, pero algo en sus ojos indicó a Abby que había omitido algo en la traducción.

—¿Y ahora qué pasa?

Como si respondiera a su pregunta, un Jeep se acercó a ellos y se detuvo a unos metros. Un conductor con uniforme militar salió y se aproximó. Por una fracción de segundo, Abby creyó ver en su mano tendida un arma, o unas esposas, pero entonces se dio cuenta de que el metal en el que se reflejaba el sol era un llavero del que colgaban un puñado de llaves.

Zain lo tomó, dijo algo al conductor que sonó como instrucciones, y lo despidió.

Abby no había entendido ni una palabra y su confusión se incrementó al ver que el conductor se llevaba el caballo.

—¡No puedes dejar que se lleven tu caballo! —exclamó.

–Creía que no te gustaban.

–Esa no es la cuestión. No puedes intercambiar tu caballo por una… una…

–El caballo no tiene aire acondicionado. Tranquila, solo bromeaba.

–¿Bromeabas sobre qué?

–No he entregado mi caballo –Zain esbozó una sonrisa–. Solo van a cuidar de él por mí.

–¿Y dejarte usar el vehículo entre tanto? –preguntó ella escéptica–. ¿Les has sobornado? –preguntó al tiempo que él se subía al volante del Jeep.

Zain bajó la ventanilla.

–Me he limitado a explicarles la situación. Súbete.

Abby obedeció aunque la historia no la convenciera. Estaba segura de que Zain no le contaba todo, pero no sabía qué ocultaba. Él arrancó el motor aun antes de que ella cerrara la puerta.

–¿Por qué no me dices la verdad? ¿Tienes conexiones?

–Tengo aspecto honrado y han tomado a mi caballo como rehén. Ha sido una negociación sencilla.

Aunque sonó convincente, Abby siguió sospechando que eso no era todo.

Fue evidente que conocía la ciudad bien mientras la recorrían a gran velocidad, tomando calles laterales cada vez que encontraban algo de tráfico o cuando alguno de los festejos les bloqueaba el paso.

El ambiente festivo parecía haberse contagiado a los policías de guardia porque les dejaron pasar los numerosos controles sin tan siquiera detenerlos. No habrían tenido menos problemas de haber sido parte de la comitiva nupcial.

–Ya hemos llegado.

Zain detuvo el vehículo delante de la verja de un opulento edificio que solo se diferenciaba de los demás de la calle porque tenía una discreta señal sobre la puerta.

Abby se volvió hacia Zain.

–No sé ni cómo te apellidas y me has salvado la vida. Eres un verdadero héroe.

–Solo estaba en el lugar y el momento adecuados –dijo él.

Abby negó con la cabeza. Al ir a tomar la manija de la puerta se golpeó el brazo de la picadura y apretó los dientes para contener el dolor, un ejercicio mucho más sencillo que reprimir el deseo que despertaba en ella aquel hombre. Jamás había sentido nada igual.

Zain le abrió la puerta aun antes de que ella se diera cuenta de que había bajado. La tomó del brazo y la ayudó.

–Cuídate y haz que te vean esa picadura inmediatamente.

–Lo haré –prometió ella, mirándolo y sintiendo un traicionero calor entre las piernas. ¿Por qué reaccionaba como no lo había hecho nunca con ningún otro hombre?–. Creo que me duele un poco menos.

Pensó en estrecharle la mano, pero recordó cómo había acabado ese gesto la vez anterior, y decidió despedirse con una inclinación de cabeza.

Él replicó el gesto y subió al coche. Abby tuvo el insensato impulso de correr tras él antes de que desapareciera de su vida, pero el sentido común prevaleció antes de que volviera a hacer el ridículo. Puesto que nunca había formado parte de su vida, no tenía sentido aquel súbito vacío que sentía en su interior.

Caminó hacia la puerta de la embajada, alegrán-

dose de que Zain no viera que lloraba, y desconocedora
de que había alguien que sí.

En los bajos de la embajada, un hombre sentado
delante de varios monitores llamó a uno de sus compañeros de trabajo, que estaba descansando en un si-
llón próximo.

–Llama al señor Jones. Creo que querrá ver esto
–rebobinó la imagen y la congeló para ampliar la cara
del hombre al que, en privado, muchos se referían
como el hombre que debería ser el próximo jeque.

Era una lástima que Zain Al Seif fuera solo el segundo en la línea sucesoria.

Capítulo 5

Diez meses después

Incluso en una zona donde el lujo y la ostentación eran la norma, el deportivo plateado atraía la mirada de los viandantes, pero no tantas como el hombre que caminaba entre los árboles del bulevar hacia él. Aunque hubiera llevado ropa de segunda mano, habría parado el tráfico. Su aura de autoridad y masculinidad era prácticamente tangible.

Zain era ajeno a las cabezas que se volvían a mirarlo mientras mantenía la atención fija en el dueño del coche.

Estaba a unos metros de distancia cuando se abrió el círculo de mujeres que lo rodeaban sin parar de reír y dejó ver a un hombre que Zain tardó unos segundos en reconocer.

Sorprendido, hizo un cálculo rápido. En las seis semanas que no había visto a su hermano, Khalid, cuya disipada vida, falta de control y excesos amorosos habían contribuido a engordar y a que pareciera mayor que los treinta y dos años que tenía, había perdido al menos diez kilos.

Quizá esa pérdida de peso explicaba su aspecto demacrado. Zain apretó los dientes al verle posar la mano en el trasero de una de las mujeres. Aunque el tamaño de su cintura hubiera mejorado, estaba claro que su moral no, ni aun estando casado.

«Como lo estás tú». Zain sonrió con desdén hacia sí mismo al pensar en la hipocresía que había en su censura, o la habría habido si su matrimonio hubiera sido algo más que un papel firmado bajo el cielo del desierto. La ironía añadida era que, de los dos, él era quien no había engañado a su esposa.

Claro que su fidelidad era meramente circunstancial, no por respeto al recuerdo de la pelirroja con la que se había casado; sino por la ingente carga de trabajo que no le había permitido encontrar el momento de hacer algo respecto al certificado de matrimonio que guardaba en su caja fuerte.

Se había planteado quemarlo, pero después de pensárselo, optó por conservarlo. Tenía la convicción de que la historia estaba salpicada de hombres cuyas carreras habían sido arruinadas no tanto por sus errores, como por negarse a admitirlos, por las mentiras que convertían un pequeño problema en un gigantesco escándalo.

Y Zain tenía la certeza de que se produciría un escándalo.

La única duda era el daño que podía causar la historia, así que, por adelantarse y limitarlo, Zain había averiguado lo más posible sobre Abigail Foster.

Pero por el momento, no había recibido noticias de sus agentes, ni de los tabloides; ninguna propuesta para escribir un libro, ni rumores de ningún tipo. La única referencia al rescate se la había hecho un diplomático en una cena de la embajada británica, diciéndole que «estaba al tanto» y que «contaba con su absoluta discreción».

Además, había añadido algo que podía explicar por qué no había habido la menor maniobra para extorsionarlo.

«No creo que la señorita Foster tenga ni idea de quién es usted».

La imagen que lo asaltó hizo que frenara el paso al recordar los detalles de aquel perfecto rostro ovalado, dominado por unos ojos extraordinarios enmarcados por una pobladas pestañas, tan negras como las cejas.

–Zain, me alegro de que hayas podido venir –apartando la mente de aquella perturbadora imagen, Zain sostuvo la mirada de Khalid mientras este pasaba el brazo por la cintura de la mujer rubia que tenía más cerca e, inclinándose, le decía algo que la hizo reír.

Zain tuvo que contenerse para no reaccionar tal y como buscaba la actitud provocativa de su hermano y compuso un gesto impasible, facilitado por las gafas de sol.

Tras un instante, Khalid soltó a la mujer e hizo una señal a uno de sus guardaespaldas que se llevó consigo al grupo de admiradoras.

Khalid esperó a que se alejaran antes de abrir la puerta e indicar a su hermano que mirara en el interior de su lujoso juguete.

–¿Qué te parece? Solo han hecho cinco de estas preciosi…

–Creo que la gente a la que le han afectado tus recortes en Sanidad cuestionarán tus prioridades.

Khalid soltó una carcajada sarcástica a la que le siguió una risa cavernosa.

Al ver que el ataque no remitía Zain frunció el ceño y preguntó:

–¿Estás bien?

Khalid se llevó un pañuelo a la boca e ignoró la pregunta. Retirándose el pañuelo, comentó:

—Así que crees que los recortes son una mala idea. Zain enarcó una ceja.

—¿Acaso te importa mi opinión?

Khalid se guardó el pañuelo en el bolsillo, abrió de par en par la puerta del coche y dijo:

—No tenemos por qué ser enemigos.

Le estaba tendiendo una rama de olivo. La lógica y la experiencia deberían haber puesto a Zain en guardia, pero no fue así. En lugar de eso, prefirió pecar de inocencia y creer que era verdad lo de que «la sangre era más densa que el agua». Se pasó la mano por el cabello.

—No soy tu enemigo, Khalid.

Algo pasó por la mirada de Khalid, pero desapareció antes de que Zain pudiera decidir si no era más que un reflejo de la luz.

—Siempre he tenido celos de ti. De tus amigos, de tus…

—Tú tienes amigos.

Khalid soltó una carcajada.

—Yo compro a las personas; eso no las convierte en mis amigos.

Zain jamás había creído a su hermano capaz de hacer un ejercicio de introspección, ni aun menos de tener el valor de reconocerlo.

—No discutamos. Ven a dar una vuelta conmigo —Khalid indicó el coche—. Apenas lo he probado.

Tras una leve vacilación, Zain se subió.

—¿Te has puesto el cinturón? —preguntó Khalid—. Toda precaución es poca. He pensado que podríamos tomar la ruta panorámica.

Zain miró el cuentakilómetros cuando tomaron la primera curva y frunció el ceño al ver lo que marcaba, pero no se puso nervioso: a su hermano se le daban mal muchas cosas, pero conducir no era una de ellas.

Para cuando tomaron la tercera curva de una carretera famosa por su peligroso trazado y por los accidentes que se producían en ella, se le tensaron los hombros.

–¿Quieres que vaya más despacio, hermanito? –preguntó Khalid con sorna, al tiempo que adelantaba a un camión, volviendo al carril justo a tiempo de no chocar contra un coche que iba en la dirección contraria.

–¿Estás colocado? –preguntó Zain.

–Colocado por la vida… Por… Es posible que sí. Aunque las medicinas no son ese tipo de drogas. Sabes, hermanito, me estoy muriendo. Tengo cáncer de pulmón. Estoy en estado terminal.

–Hay nuevos avances… –apuntó Zain alarmado.

–Médicos a diario. Lo sé. Pero también sé que no me sirven de nada.

El ronroneo del motor del coche se convirtió en un rugido cuando tomó la siguiente curva.

–No es demasiado tarde para que intentemos…

–¿Enterrar el hacha de guerra? Qué noble por tu parte, Zain –le cortó Khalid–. Pero sí es demasiado tarde. No te pongas triste, hermanito, todos tenemos que morir. Pero saber dónde y cuándo proporciona poder. Sí –sonrió al ver que Zain llevaba la mano a la manija–. Está bloqueada, pero a esta velocidad morirías incluso si pudieras abrirla.

Khalid rio antes de continuar:

–Lo peor de enterarme que me estaba muriendo,

fue saber que tú me sucederías, que ocuparías mi lugar en el trono, en la cama de mi esposa… Pero ahora estoy bien porque me he dado cuenta de que la muerte es un regalo, ya que puedo llevarte conmigo.

Zain se abalanzó para hacerse con el volante, pero su hermano mantuvo la trayectoria del coche, una trayectoria que los lanzaba al vacío. Zain se volvió hacia la puerta, golpeándola y dándole patadas para intentar abrirla.

–Relájate y disfruta, hermanito. Es lo que yo pienso hacer.

La risa de Khalid se transformó en un grito de ira cuando la puerta cedió y Zain saltó del coche.

Varios corredores anchos y luminosos partían del atrio central octogonal, donde la luz que se filtraba por la bóveda de cristal arrancaba reflejos irisados al agua que caía en cascada de la fuente de mosaico.

Se parecía más a un hotel de cinco estrellas que a cualquiera de los hospitales en los que Abby había estado, especialmente el de su infancia. A los seis años la habían ingresado en el primero. Recordaba la ráfaga de aire frío de diciembre golpearla cuando empujaron por la puerta doble y a lo largo de un pasillo interminable la camilla en la que descansaba. Las luces del techo le habían dado dolor de cabeza.

A partir de ahí y hasta que se encontró sentada en una silla dura de la que le colgaban lo pies, no recordaba nada. Había ido contando las manchas rojas sobre las baldosas hasta el punto en el que las cortinas ocultaban a gente que gritaba y hacía ruido mientras intentaban salvar la vida de sus padres.

Se esforzaron durante mucho tiempo. Abby había bajado de la silla y se había puesto a deambular mucho antes de que se dieran por vencidos. Su abuela le contó cómo la habían encontrado, chupándose el dedo, dormida en el suelo de la habitación de la ropa sucia.

–Disculpe que le haya hecho esperar.

Abby bajó la mano con la que se protegía de los destellos del sol y se ajustó el pañuelo que el acompañante de la embajada le había dado al bajar del coche: «No es esencial, pero sí un gesto respetuoso».

–¿Podremos volver esta noche, señor Jones?

–Todos queremos resolver esta situación lo antes posible –fue la frustrante y lacónica respuesta del funcionario.

La voz, como todo lo demás de aquel hombre, resultaba gris. Abby solo había coincidido con él en otra ocasión y, de no haber sido por las extraordinarias circunstancias en las que se habían conocido, dudaba que se hubiera acordado de él. Y las circunstancias no podían haber sido más extraordinarias que las que habían precedido a su llegada a la embajada británica hacía diez meses.

Había contado su historia al menos a media docena de personas antes de que apareciera el señor Jones y se la contara de nuevo mientras tomaban un té. Él había escuchado, y le había hecho algunas preguntas: ¿Había leído el documento que había firmado? ¿Le había dicho su salvador cómo se llamaba?

Su amable insistencia había hecho que Abby se alarmara.

–Pero no estoy verdaderamente casada, ¿no?

Él la había tranquilizado diciéndole que por supuesto que no y le había aconsejado que volviera a casa y se olvidara de lo ocurrido y retomara su vida habitual.

Y eso había hecho. Al menos la parte de retomar su vida. Olvidar, era otra cosa. Sus recuerdos habían adquirido una cualidad onírica, el hombre que la había salvado era el héroe que poblaba sus fantasías.

Pero en su vida no había lugar para las fantasías; estaba demasiado ocupada para esas tonterías. Aun así la figura del hombre se colaba en sus sueños, y aunque a menudo no recordaba los detalles, Abby podía percibir su presencia al despertar.

La última persona que había esperado encontrarse en la puerta de su apartamento la tarde anterior, tras una deprimente reunión con la inmobiliaria que iba a vender la casa de sus abuelos, era el señor Jones.

No podía haber aparecido en peor momento. Acababa de reunir el dinero necesario para el depósito y de conseguir una hipoteca… Había asumido que solo tenía que firmar. Pero aunque el hombre de la inmobiliaria no se había reído abiertamente, había estado a punto de hacerlo.

—Me temo, señorita Foster, que el mercado se ha encarecido desde que sus abuelos vendieron. Los dueños actuales están pidiendo… —miró en su tableta y le dio una cifra tan desorbitada que Abby pensó que estaba bromeando. Desafortunadamente, no fue así.

Tampoco había bromeado el señor Jones cuando, flanqueado por dos hombres vestidos al estilo árabe, le explicó que sí estaba casada, y que su marido era el hijo pequeño del jeque Aban Al Seif, gobernador de Aarifa.

¡Y eso aun antes de que entrara en su piso!

Abby estaba intentando asimilar la noticia cuando el señor Jones, ya sentado en su sofá, le hizo la siguiente revelación.

–No se preocupe, señorita Foster, el error ha sido de tipo administrativo.

–¿Y puedo firmar algo para solucionarlo? –preguntó ella.

–Normalmente le habría dicho que sí, pero un accidente impide a Zain Al Seif viajar, y el proceso legal exige que firmen ante testigos de…

–¿Qué quiere decir con «un accidente»?

–Tanto Zain como su hermano, Khalid, se vieron envueltos en un accidente de coche… –explicó el señor Jones. Abby percibió un zumbido en los oídos al tiempo que sentía que se quedaba sin oxígeno. Él continuó–: No sé cómo de grave está el príncipe, pero, desgraciadamente, su hermano ha muerto, lo que significa que el hombre con el que está casada… es el heredero.

–¿Cómo se encuentra el…? –Abby dejó la pregunta en suspenso, incapaz de reconciliar la imagen de su salvador con un príncipe heredero.

–El hospital solo da detalles a los familiares.

–¿Señorita Foster?

Abby se sobresaltó, y su mirada saltó del señor Jones a los dos hombres con túnicas casi idénticos a los cuatro que habían sido su sombra desde que había dejado su apartamento la tarde anterior.

–Necesito asegurarme de que no le ha hablado a nadie del… documento matrimonial.

–A nadie.

Evidentemente, su vuelta había despertado mucho interés, pero ella había restado importancia al secuestro, prefiriendo convertirlo en una broma que había ido demasiado lejos, antes que admitir la angustiosa y perturbadora pesadilla que había sido en realidad.

Bajó la mirada y se humedeció los labios. Se había esforzado por mantenerse impasible a pesar de que tenía el corazón acelerado y sentía el sabor metálico del miedo en la boca.

Tal y como había aprendido a hacer en aquellos meses, apartó el recuerdo de su mente.

—Excelente —Jones se volvió al tiempo que aparecía otro hombre con túnica—. Discúlpeme.

Abby los observó mientras hablaban y cuando Jones volvió a su lado, tuvo la intuición de que su amplia sonrisa era fingida, que algo no iba bien.

—Puede pasar —Jones indicó al recién llegado, que inclinó la cabeza a modo de saludo—. Abdul la acompañará.

—¿No va a entrar usted conmigo? —preguntó Abby, disimulando con dificultad el pánico que le producía la idea de ver a su «esposo» sola.

Bajo el bigote, Jones apretó los labios y dijo:

—Parece ser que no.

Capítulo 6

ABBY respiró profundamente, alzó la barbilla y cruzó la puerta que le sujetaba un hombre con aspecto más de militar que de médico, y que se inclinó a su paso.

Oyó un murmullo al recorrer el pasillo que parecía dirigido a ella, pero Abby estaba concentrada en lo que la esperaba en la habitación en la que estaba a punto de entrar.

Cerró la puerta a su espalda, tomó aire y se cuadró de hombros, arrepintiéndose de no haber preguntado más sobre el estado de Zain. No tenía ni idea de si estaría rodeado de tubos y máquinas, ni tan siquiera de si estaba consciente.

Su estado de confusión aumentó al encontrarse en lo que parecía un despacho en el que varios hombres estaban reunidos en torno a una gran mesa rectangular, algunos con vestimenta tradicional árabe y otros, en traje occidental.

Uno de ellos estaba de pie delante de lo que parecía una presentación en PowerPoint, pero se adelantó hacia ella al verla, al tiempo que Abby mascullaba una disculpa.

—Lo siento. Creo que me he equivocado de…

El hombre hizo una reverencia mientras los demás se ponían en pie y lo imitaban.

Abby pensó que la situación era cada vez más extraña al tiempo que contuvo el impulso de hacer una reverencia ella misma.

–En absoluto. Por aquí, *Amira*, por favor.

En actitud reverencial, el hombre le indicó que lo precediera hacia una puerta entreabierta.

Tras una pausa, Abby respondió a la invitación a pesar de que a medida que se acercaba a la puerta, más convencida estaba de que se trataba de un caso de confusión de identidad.

Se volvió para explicar que había un error, pero su guía ya estaba retrocediendo, con la cabeza inclinada, y era imposible hablar con alguien cuyos ojos miraban al suelo.

Para entonces Abby tenía los nervios tan a flor de piel que incluso le sobresaltó el suave clic de la puerta al cerrarse. Ignorando el escalofrío que la recorrió, dio media vuelta.

Aquella habitación no era tan grande como la anterior, pero era igualmente amplia. Parecía la habitación de un hotel de lujo, con una gran televisión y unos sofás en torno a una mesa de cristal.

Lo único que indicaba que no era un hotel, era la cama de hospital. Estaba vacía, aunque las sábanas revueltas y las gotas de sangre que se veían sobre el blanco del lino indicaban que alguien la había ocupado recientemente y había estado conectado a la bolsa de líquido que colgaba vacía de un porta-sueros.

Abby suspiró y evitó mirar la sangre al tiempo que caminaba titubeante hasta la cama y, sin pensárselo, posaba la mano sobre ella... todavía retenía el calor del cuerpo de quienquiera que hubiera estado en ella.

–¿Dónde demonios estará? –masculló.

–Detrás de ti.

Al oír aquella voz suave y profunda, Abby saltó como si hubiera sonado un disparo. Mientras se volvía, el pañuelo se le deslizó de la cabeza y tuvo que reprimir el impulso de retroceder cuando el dueño de la voz dio un paso adelante desde una puerta medio oculta tras un biombo y, sin dejar de mirarla a los ojos, atrapó entre los dedos la tela que flotaba hacia el suelo.

Aunque sus reflejos seguían estando claramente en perfecta forma, el cuerpo dolorido y amoratado de Zain no lo estaba. Apretó los dientes contra el dolor que le zigzagueó por el cuerpo al tiempo que se incorporaba, pero un gemido escapó entre sus labios fruncidos.

La sorpresa que la había paralizado, se desvaneció al instante reemplazada por la preocupación. Abby posó una mano en el brazo de Zain y abrió los ojos al percibir la tensión de sus músculos a través de la tela de una camisa blanca que también estaba manchada de sangre. Se le hizo un nudo en el estómago y apartó la mirada.

–¿Estás bien?

Siempre había alguien que preguntaba aquella estúpida pregunta, así que por qué no podía ser ella...

Sujetándose las costillas con una mano, Zain la miró con una mezcla de sarcasmo y dolor. Sus ojos eran tan azules como los recordaba, y sus pestañas parecían ridículamente largas y oscuras en contraste con la palidez que había robado a su piel su vibrante y dorado tono.

El recuerdo de la primera vez que lo había visto flotó en su mente y por un instante, Abby se sintió en el desierto y pudo oler el fuego de la hoguera. Inicialmente no había entendido por qué el griterío cesaba, pero entonces había visto la magnífica figura del jinete cabalgar hasta el centro, ajeno a las hostiles miradas y a los rifles que lo apuntaban.

–¿Tengo buen aspecto?

«¡Excelente!».

Aquella primera visión de él había sido un poco borrosa, pero había apreciado la perfección de su rostro y de su cuerpo, y un aura de una masculinidad que había electrizado su sistema nervioso

–¿Es buena idea que estés…?

«Ahí, de pie, tan guapo».

Acallando su inoportuno subconsciente, Abby tomó aire y se concentró en el hecho de que, por más que su primera impresión hubiera sido acertada, en aquel momento daba la sensación de mantenerse en pie por pura determinación.

–He pensado que me perderías el respeto si al hacer cualquier movimiento en falso se me veía el trasero; pero vestirme no ha sido fácil.

Abby se ruborizó ante la imagen que evocó el comentario de Zain… aunque no acostumbrara a pensar en los traseros de los hombres…

–Podías haberle pedido ayuda a alguien. ¿Quieres que…? –empezó Abby, indicando la puerta.

–¿Llames a alguien? No –dijo Zain con una firmeza que le obligó a respirar antes de continuar–: No son enfermeras.

–¿Quiénes son? Perdona, no pretendía ser indiscreta…

–Son los hombres que gobiernan Aarifa.

–¿No lo hace tu padre?

–A mi padre dejó de interesarle hace mucho tiempo.

La curiosidad de Abby se convirtió en compasión cuando se imaginó a un hombre anciano y frágil.

–Por eso delegó sus funciones en tu hermano.

La afirmación fue recibida con una extraña carcajada que terminó en otra mueca de dolor.

–Debería llamar a una enfermera o…

La preocupación de Abby se transformó en un sentimiento mucho menos elevado cuando Zain levantó una mano y su camisa se entreabrió, dejando ver varios centímetros de su musculoso torso. El calor que se extendió por el vientre de Abby se templó cuando, al ver que hacía una nueva mueca, volvió a sentir compasión de él; y entonces se dio cuenta de que sus heridas no se limitaban solo a su cara.

Lo miró fijamente y dijo:

–Esto es un error –calló y sacudió la cabeza–. No sé qué hago aquí. Podríamos resolverlo por correo, cuando mejores, o…

Zain posó una mano en su mejilla. Apenas fue un roce, pero hizo que Abby se sintiera recorrida por un hormigueo.

–Prefiero hacer las cosas cara a cara.

Abby intentó escapar del poder hipnótico de sus ojos y se concentró en los daños que había sufrido su rostro, en el hematoma de uno de sus pómulos, que se extendía por todo el lateral y que la sombra de su barba incipiente no podía ocultar.

–Yo no –Abby no alcanzó ni de lejos el grado de frialdad que había intentado imprimir a sus palabras, pero le alivió ver que Zain bajaba la mano, aunque tal vez solo porque necesitaba toda su energía para man-

tenerse en pie–. Aun si consigues vestirte, puede que
te desmayes. ¿Tú crees que vale la pena?

–Estoy bien –dijo Zain con gesto altivo.

–Solo pretendía ayudarte –replicó Abby en el mismo
tono.

Zain sonrió.

–Tan directa como siempre –dijo. Y la miró de
arriba abajo con una expresión que causó estremecimiento en Abby–. Tienes muy buen aspecto…

Ella desvió la mirada, pero no pudo evitar que la
recorriera una llamarada de fuego.

–Y no se nota que tengas un pie más grande que el
otro.

Abby abrió los ojos sorprendida.

–¿Te acuerdas de eso?

Un brillo destelló en los ojos de Zain.

–Recuerdo cada detalle.

–¿Tienes memoria fotográfica? –preguntó Abby,
intentando recordar si había dicho algo inapropiado.

Zain rio quedamente al tiempo que se llevaba de
nuevo la mano a las costillas.

–No necesariamente, pero a ti no es fácil olvidarte.

Abby alzó la barbilla

–No parece que lo digas como un cumplido.

–Solo es un comentario. Para ser tan hermosa, no
parece que te guste recibir piropos.

Era imposible escapar del calor de su mirada, y
Abby tuvo que contar hasta diez para calmar su errática respiración. Aquella intimidad le resultaba incómoda. Zain tenía un aura de sensualidad que la perturbaba, pero estaba decidida a evitar la fuerza hipnótica
de sus ojos.

Su firmeza, sin embargo, se tambaleó cuando él

posó la mirada en sus labios. Aun así, se esforzó en dominar la continua corriente de calor que la recorría y mantener una expresión lo más impasible posible.

Zain no lograba apartar la mirada de los labios de Abby, y quiso creer que su falta de control se debía a su estado de debilidad general, aunque en su mente veía aquellos preciosos labios abriéndose bajo la presión de los suyos al tiempo que él...

Una súbita punzada de dolor nubló las fantasías sexuales que flotaban en su cabeza. Tenía que recordar la razón por la que Abby estaba allí.

Su opinión sobre el matrimonio no había cambiado, pero sus circunstancias, sí. Ya no era el segundo en la línea sucesoria, sino el heredero, y el forzado matrimonio que había contraído con la bella pelirroja era lo único que se interponía entre él y Kayla, que esperaba entre bastidores como una mantis religiosa.

Era consciente de que una suave transición en el poder era esencial, y estaba dispuesto a aceptar plenamente la responsabilidad que acompañaba al papel que le habían asignado quienes rodeaban la cama del hospital cuando despertó del accidente.

Pero también le habían asegurado que no debía preocuparse por encontrar esposa, porque la mejor solución para asegurar la estabilidad era que se casara con la viuda de su hermano.

Antes de desvanecerse, había conseguido mascullar:

—Ya estoy casado. Lo confirmará Jones, de la embajada británica.

Durante la tormenta diplomática que siguió a su revelación, estuvo inconsciente, y para cuando despertó, el matrimonio había sido confirmado como auténtico.

Abby adoptó una actitud resolutiva.

–¿Quieres que firme algo?

–No tengas tanta prisa.

–Preferiría irme antes de que te mates haciendo esfuerzos innecesarios –replicó Abby. Viendo que Zain sudaba y que fruncía los labios para contener el dolor, su preocupación se transformó en exasperación–: ¡Por Dios, ya sabemos que eres grande y fuerte, pero no eres menos hombre por admitir que tienes dolor! –exclamó, poniendo los ojos en blanco.

Zain se quedó inicialmente callado por la sorpresa, luego rio quedamente.

–Vale, no soy tan orgulloso como para no pedir ayuda –indicó la cama con la barbilla–. ¿Me prestas un hombro?

Abby lo miró desconcertada.

Zain alzó un brazo.

–Me estoy tragando mi orgullo y pidiéndote ayuda.

Capítulo 7

ABBY se descubrió observando los abdominales de Zain y se mordió el labio, avergonzándose de sí misma.

¿Qué tenía aquel hombre para ser el único miembro del sexo opuesto capaz de despertar su adormecido impulso sexual? Tendría que esperar a estar a solas, en la intimidad de su casa, para llegar a alguna conclusión, así que se limitó a resoplar con resignación y alzar la barbilla.

—Muy bien. ¿Qué quieres que haga?

Zain dio la impresión de ir a decir algo muy distinto, pero en el último segundo apartó la mirada de sus labios y dijo:

—Solo necesito sentarme un poco.

—Vale. Apóyate en mí —dijo Abby, intentando sonar práctica y no tan turbada como se sentía por el contacto con su cuerpo duro y varonil.

—No, estoy bien.

Abby miró a Zain y le sorprendió ver que estaba crispado.

—No se te da bien aceptar ayuda, ¿no? –suspiró–. Me lo has pedido tú. Y soy más fuerte de lo que parezco.

Zain recordó el gancho que le lanzó a su secuestrador.

–Lo sé bien, *cara* –dijo. Y el tono de aprobación que usó hizo que Abby se enrojeciera.

–No es habitual que haya que rescatarme –dijo, sin saber por qué necesitaba dejarlo claro.

La sonrisa que Zain esbozó desapareció de sus labios cuando sus miradas se cruzaron. Abby tuvo la extraña sensación de que el tiempo se paraba y de que el aire se cargaba de electricidad. No supo cuánto duró ese instante, pero cuando salió de él, se refugió en el resentimiento.

–¿Por qué no me dijiste quién eras?

Abby se preguntó si había querido reírse de ella. ¡No era de extrañar que no hubieran tenido ningún problema con los controles policiales!

–Yo mismo estaba intentando olvidarlo.

Antes de que Abby descifrara aquel críptico comentario, él le pasó un brazo por los hombros. Reprimió la reacción de tensarse concentrándose en lo que la rodeaba, como el olor a antiséptico, para distraerse del revuelo hormonal que le causó el contacto con el cuerpo de Zain.

Herido o no, irradiaba un magnetismo animal que la bloqueaba.

«¡Contrólate!» se dijo Abby con firmeza al tiempo que le pasaba con cuidado el brazo por la cintura.

–¿Así está bien? –preguntó, alzando la barbilla para mirarlo.

Como en otras ocasiones, el azul eléctrico de sus ojos la hipnotizó. Cuando consiguió librarse de su efecto, estaba demasiado alterada como para darse cuenta de hasta qué punto también él lo estaba. Zain se limitó a asentir con la cabeza.

Abby carraspeó.

–Vale. Apóyate y tómate el tiempo que necesites. Avísame cuando quieras parar.

Ella no había querido que parara…

El recuerdo la asaltó llenándola de vergüenza, pero no era el momento de revivir el episodio que se le había quedado grabado por todos los motivos equivocados.

Apretó los dientes para borrar el instante en el que se había insinuado a él descaradamente, para ser rechazada con firmeza.

Era un recuerdo bochornoso, pero solo era eso. No había que ser un genio para saber que estaba en una posición vulnerable y que él no había querido aprovecharse. Debía alegrarse de que Zain hubiera sido un caballero.

Aunque la respiración de Zain se aceleró en varias ocasiones, no se detuvieron.

–Gracias, ya puedo arreglármelas solo –Zain se irguió y dio los últimos pasos hasta sentarse en el borde de la cama.

Abby lo miró con escepticismo, pero se encogió de hombros. Era evidente que no le gustaba mostrarse frágil, y ese era un motivo más para tacharlo de su lista. Los hombres machos la irritaban; a ella le gustaban aquellos dispuestos a mostrarse vulnerables.

El silencio se prolongó hasta que Abby decidió que lo mejor era sacar el tema: sabía lo que quería decir y había estado practicando para decirlo.

–No estaba segura de si te encontrarías lo bastante bien como para que yo…

Zain bromeó, abriendo las manos como si se rindiera.

–Estoy débil, pero dispuesto.

Abby maldijo el rubor que le subió a las mejillas, pero intentó no reaccionar. Bromear era probablemente la actitud que Zain adoptaba para lidiar con la situación: había estado a punto de perder la vida y había visto morir a su hermano, así que tener una esposa ficticia era un problema menor, por más inconveniente que fuera.

Tomó aire y decidió que al menos, podía tranquilizarlo respecto a ciertos aspectos.

–Solo quiero que sepas que no tengo la menor intención de… No pienso pedir nada, si es que estamos verdaderamente casados –hizo una pausa, sacudiendo la cabeza con incredulidad. Todavía no había logrado asimilar la noticia–. Entiendo que, dadas las circunstancias, la anulación será sencilla. Se lo que estás pensando.

Zain se dijo que era una suerte que uno de los dos lo supiera. Abby continuó:

–Pero no tienes de qué preocuparte. Firmaré lo que me pidas que firme. Incluida una cláusula de confidencialidad –se presionó el entrecejo, como si estuviera tachando los puntos de una lista–. Creo que no me he olvidado de nada.

–¿Has venido con tu abogado?

La expresión de Abby confirmó a Zain que no estaba allí para negociar. Aunque pareciera increíble, no era consciente de su posición de ventaja; no tenía interés en lo que podía conseguir… solo quería quitarse de en medio.

–¿Necesito un bogado?

Zain había aprendido desde muy pequeño que todo el mundo tenía una agenda oculta, pero en aquel momento se encontraba con alguien que, aparentemente, contradecía esa regla.

–¿Y qué tipo de acuerdo tienes en mente?

Apelando a su codicia, parte de él confiaba en que suspendiera el examen y aplastara el incipiente optimismo que había despertado en él, pero, para su frustración, Abigail Foster ni siquiera quiso aprovechar la insinuación para sacar el tema, sino que reaccionó como si la insultara.

–¿Acuerdo…? –la expresión de desconcierto inicial de Abby se convirtió en enfado–. ¿Te refieres a dinero? ¡Yo no quiero nada de ti!

–¿Pretendes hacerme creer que el dinero no significa nada para ti? –preguntó Zain. Nadie era tan honesto y dulce como Abby.

Ella alzó la barbilla, pero no se dejó llevar por su provocación.

–Admiro tus principios –continuó él con sorna–. ¿Puedes rechazar una oferta económica?

–Lo dices como si todo el mundo tuviera un precio.

–En mi experiencia, así es, *cara.*

–Me das lástima. Espero no ser nunca tan cínica.

–No me malinterpretes. Tengo que admirarte, y más teniendo en cuenta que mantienes a tus abuelos.

Abby se tensó, apretó los dientes y lo miró con suspicacia.

–¿Quién te ha dicho eso? ¿Qué sabes tú de mis abuelos?

Él esbozó una enigmática sonrisa que puso a Abby aún más en guardia.

–No debería de haber secretos entre marido y mujer.

–Yo no tengo secretos.

–Eso es verdad –dijo él pausadamente–. Tu vida

amorosa está plenamente documentada; supongo que tu tipo de trabajo tiene fecha de caducidad.

Abby se había puesto a la defensiva ante la insinuación de que querría aprovecharse económicamente de la situación, pero la idea de que le importara el deterioro de su imagen le hizo reír.

–¿Antes de que la fuerza de la gravedad haga su trabajo, quieres decir? –dijo animadamente–. No pienso permanecer en este trabajo más que lo suficiente –se encogió de hombros–. No es mi vocación. Soy modelo por casualidad. Un fotógrafo me lo propuso en un centro comercial y yo pensé que era una broma.

–Parece una salida lógica para una mujer de tu físico –comentó Zain, resoplando con frustración al no conseguir abrocharse el botón de la camisa.

–Lo dices por la altura –Abby se puso la mano sobre la cabeza– ¿y por la cara? –estalló en un risa cantarina.

Aquel delicioso sonido hizo que Zain se concentrara en su rostro, y en aquella ocasión sintió que no solo despertaba su libido, tal y como le había pasado en cuanto había posado la mirada en su sensual cuerpo, sino también su curiosidad. No tenía más remedio que aceptar lo que parecía imposible: que no había nada fingido en su ausencia de vanidad, a pesar de que trabajara en una industria donde la belleza lo era todo.

Deslizó lentamente la mirada por su cuerpo y dijo:

–No parece que te tomes tu físico muy en serio.

–Si lo hiciera estaría… –Abby bajó la mirada y continuó en tono ligero–. A los doce años medía un metros sesenta. Mis apodos eran *Monstruo* o *Jirafa*. En cuanto a mi cara… –se pasó los dedos por sus delicadas facciones–, alguien dijo que me parecía a su gato y todos estuvieron de acuerdo. Supongo que tú no puedes entenderlo –concluyó.

Nadie podía hacer nada respecto a su físico, y Zain probablemente no era siquiera consciente de que hacía sentirse inseguros a los demás hombres, especialmente a los casados por el efecto que tenía en sus esposas… si se parecía mínimamente al que ejercía sobre ella.

–¿Por qué no lo puedo entender?

Abby tuvo la tentación de esquivar la pregunta, pero finalmente dijo:

–Porque dudo que jamás te hayas sentido un *Patito Feo*.

–¿Así te ves a ti misma?

La pregunta desconcertó a Abby por unos segundos y tuvo que admitir que, en el fondo, así era como se seguía sintiendo, a pesar de la ironía de que lo mismo que había sido motivo de burla entre sus compañeros, fuera lo que le había proporcionado éxito profesional. Su cuello largo y sus piernas ya no eran motivo de mofa, sino de admiración…

–¿Estoy en una sesión de terapia? –preguntó, sorprendida por el giro personal que había tomado la conversación.

–Esa es una técnica clásica de evasión: contestar una pregunta con otra.

Abby conocía una técnica mucho mejor: hacer como que no entendía una broma, sobre todo si era a su costa. Era la única forma de evitar que el mundo exterior notara que le hacía daño. Por eso se ocultaba tras una máscara, la misma que le pedían en las sesiones de fotografía, solo que en la profesión la describían como «enigmática».

Y el comentario de que su vida amorosa estaba bien documentada… Su agente era responsable de filtrar los supuestos romances que le asignaban porque como solía decir: «Abby, cariño, tienes una vida privada muy aburrida. Al menos así de vez en cuando sales a cenar».

Los romances solían ser con celebridades que necesitaban un poco de publicidad porque su carrera estaba en declive, o con jóvenes promesas que querían hacerse notar. Todo era pura imagen.

–Siento desilusionarte, pero no necesito ser rescatada. Siempre he tenido un hogar al que volver después de un mal día.

–¿Y qué pensaron tus padres de la carrera que elegiste?

–Mis abuelos –corrigió Abby, frunciendo el ceño al recordar el comentario previo que Zain había hecho–. Mis padres murieron cuando era pequeña, y mis abuelos apoyaron mi decisión porque entendieron que quisiera ser económicamente independiente.

Y después de la traición e Gregory, su carrera como modelo le había permitido mantener a sus abuelos.

–Aunque al principio les costó acostumbrarse. Acaban de perder todos sus ahorros –Abby tragó para contener las lágrimas–. Invirtieron en un proyecto, aconsejados por un asesor financiero que se esfumó de la faz de la tierra –concluyó en un tono con el que confió ocultar la espantosa culpabilidad que todavía sentía.

Zain la escuchó con expresión reflexiva.

–Se te da muy bien disimular tu dolor, ¿verdad?

Abby abrió los ojos desorbitadamente antes de arrancar una carcajada a su dolorida garganta.

–¿Siempre te crees infalible o es solo un efecto de la medicación? Por cierto… –Abby sintió una genuina preocupación al darse cuenta de que Zain tenía gesto de agotamiento–. Será mejor que me vaya…

–¿Adónde?

Esa era una buena pregunta.

Zain continuó:

–Has olvidado un detalle en tu historia. Fue tu novio quien dejó a tus abuelos en la ruina.

Abby se ruborizó antes de palidecer.

–Tienes un dosier sobre mí en un cajón…

–En una caja fuerte.

Abby miró a Zain perpleja y este aprovechó su desconcierto para añadir:

–Tengo que hacerte una propuesta. ¿Te gustaría recuperar la casa y los ahorros de tus abuelos?

¡Zain lo sabía todo!

–Tengo toda la intención de… –Abby sacudió la cabeza antes de preguntar indignada–. ¿De verdad tienes un dosier sobre mí?

Zain pensó que le gustaba cuando se enfadaba, pero no permitió que eso lo distrajera de su objetivo.

–No me refiero a dentro de un año o dos, sino hoy mismo.

–¿Se supone que estás haciendo un chiste? –Abby se señaló el rostro impasible–. Como ves, no me estoy riendo.

–A cambio de dieciocho meses de tu vida.

–¿Haciendo qué?

–Siendo mi esposa.

A un instante de perplejidad le siguió una carcajada de Abby.

–Creo que tienes fiebre –dijo, riendo.

–No todas las mujeres considerarían ser mi esposa como un espantoso sacrificio.

–Yo no le veo el atractivo a no ser que… Deja que piense… ¿Será porque quieren una vida de lujo, con aviones privados y vacaciones exóticas?… No seré yo quien las juzgue…

–Ya veo –Zain sonrió cuando su tono sarcástico le ganó otra mirada fulgurante de aquellos espectaculares ojos esmeralda–. Escúchame antes de tomar una decisión. Respecto al matrimonio, los dos estamos de acuerdo. Yo rechazo la idea de casarme tanto como tú. No está entre mis planes.

–¿Nunca?

Zain miró a Abby y notó que se arrepentía de haberse dejado llevar por la curiosidad.

–Nunca –confirmó–. Sin embargo, ser el heredero de mi padre exige que esté casado. De acuerdo a la tradición, tras la muerte de mi hermano, debería casarme con su viuda.

Abby tardó unos segundos en asimilar la información. La idea de que una mujer afligida por su pérdida pasara de un hombre a otro la espantó.

–¡Pobrecita!

–Precisamente.

–Pero tú no le harás eso, ¿verdad?

–Haré todo lo posible para evitarlo. Sin embargo, la solución está en tus manos.

–¿En mis…?

–Si ya estoy casado, Kayla se librará de ese horroroso destino.

–Eso no es justo –protestó Abby al darse cuenta de que intentaba chantajearla.

–La vida no es justa. Pero lo que ofrezco es una

solución práctica que nos beneficia a los dos; no te estoy pidiendo que seas la madre de mis hijos.

Abby se ruborizó.

–Ya lo sé –dijo con desdén.

–No eres la primera persona a la que engañan –dijo entonces Zain, queriendo ofrecerle consuelo, aunque no fuera un sentimiento habitual en él–. No deberías culparte por lo que les pasó a tus abuelos.

Su compasión irritó a Abby.

–¡Tú no puedes entenderlo!

–Muy bien, sigue torturándote –Zain se encogió de hombros, negándose a aceptar que el conflicto que intuía en el fondo de la mirada de Abby lo conmovía–. O trágate el orgullo y acepta mi oferta.

Abby se mordió el labio y bajó la mirada.

–¿Es una oferta o un ultimátum? –preguntó finalmente.

–Los dos salimos ganando.

–Mi vida cambiaría…

Y la de sus abuelos. ¿Sería capaz de volver a mirarlos a los ojos sabiendo que había dejado pasar la oportunidad de devolverles lo que habían perdido?

Zain no se molestó en negar lo obvio.

–Así es. Tu vida cambiará radicalmente.

Abby era consciente de que su resistencia empezaba a ceder, pero todavía no estaba dispuesta a admitirlo.

–¿No se supone que quieres evitar un escándalo? –cuando se anunciara su matrimonio, era inevitable que ella misma se convirtiera en el centro de atención–. ¿O es que crees que mi súbita aparición va a pasar desapercibida?

–Tengo gente cuyo trabajo consiste en presentar

las cosas desde un ángulo positivo –dijo Zain en tono tranquilizador.

A una imagen de sí misma asistiendo a una sucesión de ceremonias bajo el escrutinio público, le sucedió la de sus abuelos disfrutando del jardín de su casa.

–Ojalá…

Zain la interrumpió.

–Estoy seguro de que su esposa desearía que mi hermano no hubiera muerto.

Abby sintió una punzada de culpabilidad. Había estado tan concentrada en sí misma, que no se había preguntado por cómo se sentía Zain, y sus labios se fruncieron en un gesto de reproche hacia sí misma.

–Lo siento mucho –aunque tarde, le presentó sus condolencias, pero Zain no pareció entenderla.

–¿El qué?

–Lo de tu hermano –dijo ella, incómoda.

–Ah… –se limitó a decir él al tiempo que subía una pierna y luego la otra a la cama, y mascullaba un «gracias» cuando Abby le colocó las almohadas.

Cerró los ojos y por un instante, Abby pensó que se había quedado dormido. Cuando ya se planteaba dejar la habitación silenciosamente, Zain los abrió con expresión febril.

–No nos llevábamos especialmente bien –admitió.

–Pero era tu hermano –Abby siempre había querido tener hermanos y había envidiado a la familia numerosa que vivía junto a sus abuelos.

–Hermanastro –le corrigió Zain, cerrando los ojos de nuevo–. Entonces ¿tenemos un acuerdo?

–Tengo que pensarlo –dijo Abby con los puños apretados.

–Vale.

Apenas Abby notó que remitía la tensión de sus hombros, Zain añadió:

–Tienes dos minutos para responder.

Abrió los ojos y clavó sus ojos azules en ella.

–No he venido a permanecer casada, sino a romper nuestro…

–¿Pasado, presente, futuro?

–No tenemos un futuro.

–Dieciocho meses. Es todo lo que te pido.

La batalla que lidiaba se reflejó en el rostro de Abby cuando negó con la cabeza.

–No-no puedo…

Su mente evocó una imagen de sus abuelos en un piso destartalado, rodeados de vecinos ruidosos y sin el jardín que tanto amaban. Se encorvó, abatida y dio un paso adelante para lanzarse al precipicio sobre el que había estado haciendo equilibrios.

–Está bien. Lo haré.

En cuanto pronunció las palabras supo que era la única respuesta posible, pero eso no impidió que sintiera náuseas. Llevándose la mano a la boca, se volvió precipitadamente y se enredó con los cables que en algún momento debían de haber estado conectados a Zain.

¡Y todas las alarmas se dispararon!

Capítulo 8

PERDÓN, perdón…! ¿Cómo la apago? –preguntó Abby, mirando la máquina en la que parpadeaban luces rojas.

Antes de que Zain pudiera contestar, irrumpió en la habitación un ejército de hombres en bata blanca que empujaron a Abby contra la pared, donde se quedó mirando cómo Zain respondía con creciente irritación a sus atenciones.

–¡No estoy muerto! –exclamó por encima del murmullo–. ¿No veis que puedo respirar? ¿Puede alguien apagar la maldita máquina?

El súbito silencio creó un instante de súbita calma, hasta que Zain ordenó a los médicos que se fueran y Abby y él volvieron a estar solos.

–Lo siento. Soy una torpe –dijo ella.

–Ya veo. ¿Sueles caerte de la pasarela?

–Soy una profesional.

–Pues actúa profesionalmente respecto a nuestro contrato y todo irá bien –dijo Zain, indicando la silla junto a su cama.

Abby permaneció de pie, con los dedos entrelazados y el ceño fruncido.

–Sabes que es una locura. Nadie va creer que nos hayamos casado.

–¿Por qué no? Es la verdad.

Abby esbozó una sonrisa tan breve como un parpadeo.

—A veces he llegado a convencerme de que lo había soñado —suspiró profundamente—. ¿Cómo vas a hacerlo? ¿Qué vas a decirle a la gente?

—¿Cómo vamos a hacerlo? —enfatizó Zain antes de añadir con dignidad—: Mi padre es la única persona a la que tengo que dar explicaciones, y voy a decirle que eres mi alma gemela. —sus labios se curvaron en una sonrisa que no llegó a iluminar sus ojos, al tiempo que continuaba explicando la que darían como versión oficial—. Nos enamoramos, pero discutimos. No daremos detalles: los dos somos personas apasionadas y esas cosas pasan… Entonces sufrí el accidente y tú corriste a mi lado porque supiste que la vida sin mí no tenía sentido.

—Deberías escribir novelas… o cuentos de hadas —dijo Abby con sorna.

—Los buenos escritores saben adaptar las historias a sus lectores —contestó Zain. Y adoptando un tono cínico, añadió—: Mi padre cree en los cuentos de hadas. ¿Tú?

Abby lo miró desconcertada.

—¿Si yo qué?

—Crees en los cuentos de hadas, *cara*.

Abby apretó los dientes.

—¿Y si fuera así? No es un crimen. Y deja de llamarme eso. ¿O te han hecho creer que decir palabras en italiano suena sexy?

Tras un breve y desconcertado silencio, Zain rio.

—No era consciente de estar haciéndolo. He estado recientemente con mi madre y se me contagia.

El fin de semana en Venecia se había prolongado

dos semanas cuando la diva había tenido que cancelar
una actuación por una infección de garganta que había estado convencida de que la mataría. Su angus-
tiado y joven amante le había pedido a Zain que se
quedara durante aquellos dramáticos momentos, y él
había accedido por no dejarlo solo.

–¿Tu madre es italiana? –Abby frunció el ceño–.
¿No vive aquí? –abrió los ojos de sorpresa–. ¿Quieres
decir que…?

–Se fue cuando yo tenía ocho años.

–¿Te abandonó? –preguntó Abby, intentando disimular su espanto.

–Pensó que era lo mejor para mí –aunque Zain
sonó indiferente, sus labios se fruncieron en una
mueca sarcástica–. No podía privar por más tiempo de
su talento al mundo de la ópera.

¿Le habría dicho eso a su hijo? Abby no tuvo el
valor de preguntarlo. Le costaba concebir tal carencia
de instinto maternal.

–Por eso el italiano es, literalmente, mi lengua ma-
terna. La mayoría de la población de Aarifa habla
francés y árabe, además de bastante inglés, aunque en
algunas escuelas se enseña mandarín. Pero volvamos
a lo nuestro. Si le das a Hakim el número de cuenta de
tus abuelos, ordenaré hoy mismo la transferencia.

–¿Desde la cama del hospital?

–Se llama delegar… *cara*.

Abby pasó por alto la deliberada provocación del
apelativo cariñoso.

–Ni siquiera me has preguntado la cantidad –dijo,
en cambio.

–Dímela.

Abby tomó aire y dijo deprisa la cifra que le faltaba para comprar la casa y recuperar el plan de pensiones de sus abuelos. Era una cantidad exorbitante y miró a Zain con prevención.

–¿Semanalmente? Suena razonable.

Abby lo miró como si hubiera perdido el juicio.

–¡A la semana! ¿Estás loco?

Zain sacudió la cabeza.

–Espero que tengas un agente para negociar tus contratos.

Abby lo observó mientras tomaba el teléfono que tenía en la mesilla y hablaba con alguien.

–Muy bien, está hecho. Hakim acaba de llegar al hospital para traerme algunos objetos personales. Te acompañará y Layla, el ama de llaves, te ayudará a instalarte.

–¿Dónde me va a acompañar?

Zain pareció sorprendido por la pregunta.

–A palacio.

–¿Ahora mismo? –preguntó Abby perpleja–. ¿Y si me encuentro con alguien? Qué debo decir… Además, el señor Jones me espera… Y…

–Yo me ocuparé de Jones. Y seguro que te encuentras con varias personas, pero nadie va a hacerte preguntas incómodas. Su función es que te encuentres cómoda. Si necesitas algo, pídeselo a Hakim.

–No me has dado tiempo a pensar –protestó Abby–. ¿Quién es Hakim?

Como si hubiera sido invocado, llamaron a la puerta y apareció un hombre corpulento.

–Este es Hakim, mi mano derecha.

Zain habló con él en una mezcla de árabe y francés y, cuando acabaron, Hakim se volvió e inclinó la cabeza como saludo a Abby.

–Confío en que disfrute de su estancia con nosotros, Alteza.

–Gracias… –Abby miró a Zain, irritada por su habilidad para manipular la situación incluso desde la cama del hospital, pero su resentimiento se diluyó al ver la expresión de agotamiento de su rostro–. Deberías dormir –dijo con firmeza, y no vio la expresión de sorpresa de Hakim cuando añadió–: Y no hagas ninguna tontería, como levantarte de la cama.

Zain cerró los ojos cuando se quedó solo y se preguntó si había cometido una estupidez. ¿Era consciente Abby del compromiso que había adquirido?

Pero Zain no podía entregarse a las dudas cargadas de culpabilidad que lo asaltaron. Dudar era un lujo, una debilidad que no podía permitirse. Oponerse al matrimonio forzado con Kayla y ganarse enemigos en el proceso, iban a robarle un tiempo y una energía que tampoco podía permitirse. Al contrario que su padre, él no había olvidado que la posición de privilegio que ocupaban los obligaba a dejar su vida personal en un segundo plano.

Zain sabía que, como heredero, era esencial que estableciera su autoridad con la mayor prontitud posible si quería llevar a cabo las reformas que su país necesitaba urgentemente.

Aarifa, que durante años había sido considerado un ejemplo de progreso y de pensamiento liberal, al perder un gobernante firme había ido cayendo en un sistema clientelar y de alianzas tribales entre las familias dirigentes. La corrupción había aumentado y apenas ya se censuraba. Zain había ido observando esa trans-

formación sin capacidad de intervenir; había visto
cómo los beneficios del petróleo acababan en cuentas
de paraísos fiscales, mientras la creciente desigualdad
social creaba un ambiente de descontento y malestar.

Zain sabía que aquellos que rechazaran sus reformas, intentarían atacarlo por el lado de su madre.
Pero aunque no pudiera hacer nada a ese respecto, sí
podía evitar que, además, adujeran su soltería como
un problema. Un matrimonio temporal de convenien-
cia era la mejor solución, incluso aunque supusiera
abocar a Abby Foster a las intrigas y engaños de la
vida palaciega…

Apretó los dientes y apartó una vez más de su
mente cualquier sentimiento de culpabilidad, recordándose que Abby obtendría un beneficio razonable
de la situación y que, una vez él afianzara su posición,
recuperaría su libertad. Una libertad que él había perdido en el instante en que su hermano había muerto.

Empujó la almohada con la cabeza y alargó el brazo
hacia atrás para apagar el oxígeno y el irritante silbido
que lo acompañaba. Acomodándose, cerró los ojos.

Sus pensamientos siguieron girando en torno a la
importancia de evitar que, tal y como había hecho su
padre, sus emociones dominaran sus actos. Pero cuando
se quedó dormido, no soñó con las reformas que quería
adoptar, sino con una mujer de ojos verdes que le sonreía mientras lo abrazaba con su cabello flameante y sus
delgados brazos.

Capítulo 9

QUÉ TE ha hecho pensar que esto fuera una buena idea?», se preguntó Abby cuando Layla la dejó en sus aposentos. Habían recorrido tal laberinto de pasillos seguidas de dos escoltas, que se preguntó para qué necesitaban medidas de seguridad si, aun si entraba algún intruso, acabaría perdiéndose. En los rincones del palacio debía de haber más de un esqueleto.

Abby estaba demasiado cansada como para reírse de aquella imagen. Ni siquiera la tentadora inspección de uno de los dos cuartos de baños con los que contaba, la animó a hacer otra cosa que lavarse la cara y cepillarse los dientes.

Se quitó el vestido y se puso un camisón antes de dejarse caer sobre la cama, cuyas sábanas de seda alguien había dejado convenientemente abiertas.

Abby no había visto una cama tan grande, ni mucho menos había dormido en una. Pero a pesar de su tamaño, parecía pequeña en el enorme dormitorio, que formaba parte de una suite palaciega.

Quizá al día siguiente pediría que la cambiaran a un espacio más acogedor, si es que lo había... Estaba debatiéndose sobre ese tema cuando se quedó dormida. En sus sueños aparecía la gigantesca cama, pero ella no estaba sola...

Cuando despertó a la mañana siguiente, no recordaba qué había soñado, pero quedaron en ella las sensaciones de una extraña tensión en el vientre y una opresión en el pecho. Al tiempo que también esas sensaciones se diluían, experimentó otra: la de una total desorientación que se convirtió en pánico al fijar la mirada en los intricados paneles de cristal de colores y los brazos torneados de la lámpara de bronce que colgaba sobre la cama.

–¿Dónde es…?

Súbitamente recordó los acontecimientos del día anterior. Con un gemido, se incorporó bruscamente, dejando escapar un grito al ver a una mujer joven que sujetaba una bandeja a unos metros de ella.

La sonrisa de la joven se borró, y a Abby no le sorprendió porque aun en sus mejores días, su cabello alborotado le daba recién despierta un aire salvaje. Y no recordaba haberse desmaquillado el día anterior, así que probablemente tenía el lápiz de ojos corrido.

–Buenos días… me has sobresaltado –dijo.

Afortunadamente, su estancia en el palacio era solo temporal, porque le horrorizaba la idea de que aquella fuera la rutina diaria… Aunque probablemente la de la verdadera esposa de Zain sería distinta. Se despertaría a su lado, tal vez abrazada a él… Abby entornó los párpados y giró la cabeza hacia un lado mientras imaginaba los labios de Zain recorriéndole el cuello hacia los labios. Un beso profundo y lento, ávido… Abrió los ojos bruscamente y ahogó una exclamación. «¿Qué demonios estás haciendo, Abby?»

Una llamarada de vergüenza se sumó a la que sentía en el vientre, al tiempo que respondía a la oferta de café de la joven:

–Sí, por favor.

La joven hizo una pequeña reverencia, dejó la bandeja en una mesa y se volvió.

–¿Las cortinas? –preguntó, indicando las cortinas profusamente bordadas que cubrían la pared opuesta.

Abby asintió y se llevó la mano al cabello mientras sacaba las piernas fuera de la cama y sonreía para sí al pensar lo mal que encajaba en aquel ambiente el gato de dibujos animados estampado en el pecho de su camisón.

La sensación de vivir una experiencia extrasensorial se intensificó cuando la joven se acercó a ella con una túnica larga de seda color perla. Abby supuso que en el palacio tendría una provisión de prendas como aquella en todas las tallas por si algún invitado la necesitaba. O quizá se la había dejado una invitada especial de Zain y estaría impregnada del perfume de otra mujer… La idea le resultó tan perturbadora que dio un paso atrás, y por la expresión de la joven se dio cuenta de que la repugnancia que había experimentado se había reflejado en su rostro.

Abby consiguió sonreír y levantó los brazos para que la joven le pusiera la túnica. Afortunadamente, solo olía a nueva. Frunciendo el ceño, Abby se ajustó el cinturón mientras se preguntaba por qué había reaccionado tan violentamente a la obviedad de que Zain tenía amantes. Lo sorprendente habría sido que llevara una vida monacal. Pero la cuestión era que su vida sexual no era de su incumbencia… Aunque sí lo sería durante los siguientes dieciocho meses.

Porque para interpretar su papel, ella necesitaba tener esa información y saber cuál era la etiqueta al respecto. Por un instante sintió lástima por quien llegara a convertirse en su esposa, aunque suponía que había un sinnúmero de mujeres ansiosas por aceptar llegar a cualquier acuerdo con él con tal de ocupar la posición en la que ella se encontraba temporalmente.

La idea le habría resultado menos desagradable de haber sabido que era su posición, su estatus y su riqueza lo que atraía a aquellas mujeres, pero Abby sabía que aunque no hubiera ido acompañado de todos los privilegios de su posición, Zain tenía más sex-appeal en el dedo meñique que cualquier otro hombre sobre la faz de la tierra.

Tomó aire para ahuyentar la perturbadora imagen que estaba tomando forma en su cabeza.

—Deja de pensar en sus atributos, Abby.

La joven sacudió la cabeza con inquietud, indicando que no la entendía.

—No te preocupes, estoy loca, no soy peligrosa.

La joven le tendió unas delicadas zapatillas de terciopelo con los dedos descubiertos y una pequeña cuña en el talón.

Abby no se dio cuenta de lo que iba a hacer hasta que hizo ademán de arrodillarse. Al instante se las quitó de las manos y se las puso ella misma.

—Me quedan perfectas... —Abby enarcó una ceja inquisitiva hacia la joven.

—Mina —dijo esta tímidamente, al tiempo que apartaba la vista de su cabello, que parecía fascinarla.

—Gracias, Mina. Del resto me ocupo yo —dijo Abby educadamente, pero con firmeza.

Aunque necesitó repetirlo, consiguió que Mina entendiera que no necesitaba ayuda para vestirse ni para beber ni para nada. Le llevó cinco minutos y Abby estaba ya disfrutando de su segunda taza de café para cuando consiguió acompañar a la joven hasta la puerta, donde recibió una mirada asombrada al despedirse con un informal «hasta luego».

–Buenos días, chicos –saludó a los hombres apostados en el exterior. Y se escabulló al interior.

Se apoyó en la pared y estalló en una carcajada que identificó como histeria y que acabó en un ataque de risa. En fin… Como diría su abuela: «mejor reír que llorar». Era verdad que había llegado a un acuerdo turbio con un hombre excepcionalmente guapo al que no era ni mucho menos inmune, pero se recordó que no era más que un medio para conseguir sus fines y cuando volviera a verlo, le explicaría que estaba segura de que antes o después metería la pata… ¡regiamente! Se pasó la mano por el cabello alborotado y se preguntó cuándo volverían a verse y qué se suponía que debía hacer entretanto.

Zain parecía convencido de que le darían el alta del hospital aquel mismo día, pero ella lo dudaba.

Flotando en un baño al que había echado media botella de un aceite con un delicioso perfume, Abby consiguió relajarse parcialmente.

Aunque no consiguió dejar la mente en blanco, sí pudo ver la situación de una manera más objetiva: pasar dieciocho meses de incomodidad era un precio razonable a cambio de que sus abuelos vivieran confortablemente el resto de sus vidas.

Acababa de salir del baño y de secarse cuando oyó voces. Tomó aire, se enroscó una toalla a la cabeza y se ajustó el cinturón de la túnica. Evidentemente, su mensaje no había quedado lo bastante claro. A su pesar, decidió que tendría que ser más severa.

–Gracias, Mina, pero…

La calma que había alcanzado la abandonó instantáneamente. Mina estaba acompañada por dos mujeres. Una de ellas, guardaba unas prendas que no pertenecían a Abby en una cómoda; la otra ayudaba a Mina a colgar en un armario las prendas largas, de las que todavía colgaban las etiquetas de la tienda

Todo ello le resultó perturbador, pero ni una centésima parte que la perturbadora presencia del hombre que las estaba supervisando.

Capítulo 10

LA SORPRESA la clavó en el suelo, pero ¿era también la sorpresa lo que hizo vibrar su cuerpo y sentir súbitamente la seda como un peso sobre la piel?

Negándose a buscar explicaciones alternativas, alzó la barbilla a la espera de que él se dignara a saludarla, y en los segundos que siguieron observó detenidamente su alta figura, los pantalones informales pero de corte inmaculado y la camisa, que no restaban ni un ápice de elegancia a su varonil presencia.

No había la menor evidencia de que no estuviera en plena forma. Los hematomas que Abby sabía que tenía en el cuerpo estaban ocultos, y en el perfil que le mostraba no se apreciaba ninguna marca.

Entonces él volvió la cabeza y Abby contuvo el aliento cuando sus miradas se encontraron, azul eléctrico frente a esmeralda. Tras un instante que se hizo eterno, él inclinó la cabeza a modo de saludo.

Recuperando la respiración, Abby vio que se volvía hacia las mujeres y les decía algo que dio lugar a una serie de reverencias y a un coro de respetuosos «*Amir!*» antes de que salieran de la habitación con la mirada baja.

Zain esperó a que la puerta se cerrara y luego dejó pasar unos segundos antes de volverse; fue el tiempo que necesitó para dominar su desbocada libido. No haber mantenido relaciones en mucho tiempo podía explicar parte de la fuerza de su reacción, pero no toda.

Era una locura. Un movimiento en un lateral le había advertido de su presencia, e instantáneamente su cuerpo había despertado. Pero en cuanto se volvió y la vio con la túnica de seda abrazando sus deliciosas curvas, la corriente de excitación se había convertido en torrente. Abby tenía el cuerpo de una diosa, atlética y estilizada.

Se obligó a relajar los puños. La sensación de no tener un completo dominio de sí mismo era nueva para él y le molestaba. Afortunadamente, identificaba el problema: puro deseo sexual.

–¿No deberías de seguir en el hospital? –preguntó Abby en tono agudo.

–Me han dado el alta definitiva.

–¿A quién has chantajeado para que firme? –Abby no pudo reprimir la pregunta, pero se arrepintió al instante de hacerla.

Se produjo un prolongado silencio antes de que Zain hablara.

–¿Insinúas que te he chantajeado, Abigail?

–Nadie me llama Abigail –Abby sacudió a cabeza y suspiró–. Está bien, yo he accedido, pero…

–¿Pero?

–No creo que pueda hacerlo.

–Yo no veo el problema.

Abby frunció los labios. Era evidente que Zain no se tomaba sus dudas en serio.

–Esa es la cuestión, que no lo ves. ¡La chica que me asiste ha intentado ponerme las zapatillas! –exclamó alzando la voz con incredulidad.

Zain bajó la mirada a las zapatillas de terciopelo.

–¿Y?

–Lo ves –Abby alzó las manos indicando que acababa de probar su caso –. A ti te parece normal. A mí me hace sentir incómoda.

–No es una obligación. Hasta yo me ato los cordones de los zapatos de vez en cuando.

–¡Te estás riendo de mí!

Zain dejó escapar un resoplido que podía ser tanto una disculpa como una admisión.

–Entiendo que todo esto te resulte extraño inicialmente.

–¡Qué generoso!

–A no ser que me haya equivocado respecto a ti, estoy seguro de que vas a cumplir tu parte del acuerdo.

Zain supo que había conseguido el efecto deseado al apuntar a su sentido del honor.

–Dije que lo haría y lo haré –dijo Abby con la firmeza que le proporcionó pensar en sus abuelos–. Pero tengo que hablar con mi agente, y todavía no sé qué le voy a decir.

Fuera lo que fuera, iba a ser difícil que no la acusara de falta de profesionalidad por incumplir los contratos que ya tenían firmados.

–Ya me ocupo yo. Dime cómo se llama.

–¡No quiero que te ocupes de nada! –Abby se apretó el cinturón–. Aquí –recorrió la habitación con la mirada– no estamos en público, así que no tengo que pretender que soy una inútil. Soy perfectamente capaz de ocuparme de mis asuntos. En público actuaré como si te adorara, pero en privado…

–En privado –la interrumpió él– reivindicarás tu independencia por pura cabezonería. Van a ser dieciocho meses muy entretenidos. Para que lo sepas: quería ayudarte, no tomar las riendas de tu vida.

–Eso ya lo has hecho, después de todo me salvaste la vida –admitió Abby–. Sé que la decisión es mía y no pienso machacarte con ella continuamente –prometió–. Mis abuelos me han enseñado a asumir las consecuencias de mis actos –de pronto abrió los ojos con expresión de horror– ¡Dios mí, qué voy a decirles!

–Me parecerá bien cualquier cosa que decidas contarles.

Sorprendida por su comprensión, Abby tardó un segundo en responder.

–No sé qué voy a decirles… Por ahora puedo esperar a que vuelvan de su crucero.

Zain enarcó las cejas y se dio cuenta de que atraía la mirada de Abby hacia el mechón claro que destacaba contra su cabello negro. Llevándose hacia él la mano explicó:

–Mi madre es del norte de Italia, donde hay muchos rubios –mantuvo el ceño fruncido–: ¿Tus abuelos están de crucero? Creía que estaban muy apurados económicamente.

–Así es, pero ganaron un concurso de una revista en el que mi abuela ni siquiera recordaba haber participado: un viaje al Caribe con todos los gastos pagados –dijo, esquivando la mirada de Zain.

–Me estás mintiendo, ¿verdad?

Abby se obligó a mirarlo.

–¿Por qué dices eso? Claro que… Bueno, está bien. El abuelo ha pasado un invierno horrible por culpa de una bronquitis –Abby alzó la barbilla en un gesto desafiante–, así que cuando vi el anuncio de un

crucero cuyas últimas plazas prácticamente se regala-
ban, me inventé lo del concurso –concluyó, mirando
a Zain fijamente.

–Así que sí sabes mentir –aunque muy mal, pensó
Zain–. No te sientas culpable. Ha sido un detalle muy
bonito.

Abby aleteó las pestañas, ruborizándose de una
manera desproporcionada por el inesperado cumplido.

–¿Has comido?

Abby asintió y miró hacia la mesa en la que se
había sentado hacía un rato, pero los platos habían
sido sustituidos por un jarrón con flores. Estaba claro
que la rodeaba un ejército cuyo trabajo era atenderla
sin que ni si quiera notara su presencia.

–Muy bien. Vístete para que podamos irnos.

–¿Adónde? –preguntó Abby.

–Pensaba hacerte una visita guiada.

–No es necesario –dijo Abby, preguntándose por
qué Zain se ofrecía a hace algo que podía delegar en
cualquier miembro del servicio.

Zain enarcó una ceja al tiempo que se sentaba en
una de las butacas que había junto a las puertas que
daban al balcón.

–¿Qué pensabas hacer? ¿Quedarte aquí?

–¿Por qué no? –Abby suspiró–. Dadas las circunstancias, lo mejor será que mantenga un perfil bajo.

–Eso convertiría en inútil este plan.

Abby apretó los labios y ladeó la cabeza.

–¿Te refieres a…?

–Demostrar que el futuro gobernante de Aarifa
tiene una hermosa mujer que le hace fuerte y digno de
su confianza. El gabinete de prensa ha emitido esta
mañana un comunicado a ese respecto.

–¿Ya? –exclamó Abby, sintiendo un nudo en el estómago–. ¿Qué se supone que debo hacer: tengo que hablar o basta con que me vista y sonría?

Al menos lo segundo era a lo que se había dedicado toda su vida, pensó desilusionada consigo misma.

–Que vayas vestida es una buena idea –bromeó Zain–. Espero que la ropa que te han traído te guste, pero tienes la libertad de pedir cualquier cosa que necesites.

–¿De dónde ha salido?

–No sabría decírtelo. Me he limitado a dar tus medidas y…

–¿Cómo sabías mis medidas?

Zain esbozó una sensual sonrisa al tiempo que la recorría lentamente.

–Tengo buen ojo para esas cosas, *cara*.

–Y seguro que mucha práctica –replicó Abby, concentrándose en su irritación hacia él para ignorar el fuego que zigzagueaba bajo su piel.

–Y para los zapatos he pedido dos tallas distintas –añadió él imperturbable–. ¿Te parece que vuelva en media hora?

–¿Cuánto tiempo crees que tardo en prepararme?

Zain sonrió y dijo:

–Muy bien. Hasta dentro de media hora, entonces –y se fue

Solo entonces se dio cuenta Abby de que había perdido la oportunidad de ganar tiempo para recuperarse de la forma en la que Zain la perturbaba. Podía haberle dicho que necesitaba tres horas, pero se había puesto nerviosa y había permitido que él le diera un tiempo ajustado, sabiendo que ella no querría retrasarse ni un segundo.

Fue hacia los gigantescos armarios, pero solo consiguió abrirlos cuando, buscando el tirador, presionó la puerta inadvertidamente y esta se abrió dejando a la vista un espacio tan amplio como un vestidor. Las prendas que colgaban protegidas en bolsas apenas ocupaban una fracción del espacio; y Abby se agachó para abrir las cajas de zapatos y comprobar si Zain había bromeado. No. Había diez pares de zapatos, todos en dos tallas.

La ropa coincidía en talla con la de ella, y había una selección más amplia que en muchas tiendas. Abby no solía comprar apenas ropa para sí misma, y el conjunto en el que se sentía más cómoda eran vaqueros y camiseta, pero no encontró ni una cosa ni otra. Eligió unos pantalones anchos azul plateado y un top estilo años cincuenta en un tono un poco más oscuro.

Aunque en los cajones de la cómoda encontró una selección de exquisita lencería de seda, se puso el sujetador y las bragas que había metido en su bolsa de viaje.

Sacó la bolsa de maquillaje y se retocó como siempre, solo con un poco de colorete y un poco de sombra de ojos. Concluyó con un toque de barra de labios roja y se dejó el pelo suelto. Se miró en el espejo y arrugó la nariz al ver su cabello indomable. No había tiempo para alisárselo, así que se lo peinó con los dedos con un suspiro de frustración y fue a calzarse. Iba a comprobar el resultado en el espejo de cuerpo entero cuando llamaron a la puerta y su visitante entró sin esperar respuesta.

Abby percibió la tensión de Zain por debajo de su aparente calma.

—Casi estoy.

–Tómate tu tiempo –Zain la recorrió de arriba abajo–. Yo diría que estás lista.

De hecho estaba preciosa y sofisticada, como la actriz de una de las películas en blanco y negro de Hollywood que solía ver con su madre de pequeño: elegante y sensual.

–¿Te burlas de mí? –Abby se llevó la mano a la cabeza–. No he hecho nada con mi cabello.

–A mí me parece perfecto –dijo Zain, sin dar la menor pista de que estaba imaginando aquellos rizos cayendo por la espalda y los senos desnudos de Abby. Tomó aire y apartó la perturbadora imagen–. ¿Qué más necesitas hacer?

Se sentó en una butaca, consciente de que estaba irritándola y decidido a provocarla adoptando una actitud lacónica.

–Tengo que estar presentable para toda la gente que está ahí fuera esperando a verme –Abby se levantó el cabello y lo dejó caer de nuevo como si ese gesto lo explicara todo. Zain siguió sin entender–. Podría ponerme un velo, ¿o eso los ofendería? –sintiéndose súbitamente abrumada por el compromiso que había adquirido, concluyó–. ¡Ves, no tengo ni idea de qué es lo correcto!

Zain chasqueó los dedos. No podía creer que una mujer con el aspecto de Abby pudiera tener problemas de seguridad en sí misma.

–No te hagas la víctima. No te pega.

El áspero comentario hizo que Abby alzara la barbilla en un gesto al que Zain ya se estaba acostumbrando.

–Y no resulta creíble –continuó él–. Te he visto enfrentarte a hombres armados. Además, ¿qué demonios quieres decir con «presentable»?

–Es lo que solía decir mi abuela antes de salir de casa: «¿Estoy presentable?».

Mencionar a su abuela hizo que se le humedecieron los ojos. Pero de pronto tuvo una idea y sonrió.

–¿Tú crees que tu cuñada estaría dispuesta a ayudarme? –preguntó animada–. Podríamos contarle la verdad y seguro que podría darme consejos.

–No –la firmeza de Zain apagó su ánimo–. No vas a hablar con Kayla –añadió en un tono y una actitud de ira contenida que desconcertó a Abby.

Zain se acercó y Abby le sostuvo la mirada. Él se detuvo a un paso de ella y añadió en el mismo tono:

–Y no le vas a contar nuestra historia –no le costaba imaginar lo que Kayla podría hacer con esa información–. ¿Entendido?

–No sé qué mal podría hacer –protestó ella.

–No te acerques a Kayla, Abigail –insistió Zain, sombrío.

Verla sincerarse con Kayla, toda inocencia y con la mejor de las intenciones, sería como ver un gatito pedir consejo a un tigre. Solo imaginarlo despertaba en él una rabia y un deseo de protegerla cuya razón no quiso plantearse. La cuestión era que Kayla consideraría a cualquiera que se interpusiera en su camino como un enemigo, y era extremadamente peligrosa.

–¿Por qué?

La pregunta de Abby lo desconcertó, pero antes de que pensara en una respuesta, ella misma se respondió.

–¡Ay, lo siento! No estaba pensando… Tienes razón. Zain asintió con un murmullo vago, alegrándose de que, aunque equivocada, Abby hubiera llegado a una conclusión. Entonces vio que hacía una mueca de lástima.

—Debe de estar destrozada —dijo Abby.

—Estoy seguro de ello —confirmó. Aunque estaba seguro de que la descripción más adecuada sería que estaba enfurecida por haber perdido su papel predominante.

—No la molestaré, te lo prometo. Debe de ser espantoso perder a tu marido tan joven —Abby se llevó la mano al cabello—. ¿Puedes esperar un momento a que me lo recoja?

Zain contempló sus ondas cobrizas.

—Tu cabello está espectacular sin que le hagas nada. Y a nadie le va a ofender cómo te presentes. Las mujeres de Aarifa dejaron de usar velo hace generaciones. Solo algunas de las mayores lo lleva y solo cuando quieren. Relájate.

Abby tardó unos segundos en recuperarse de que Zain se refiriera a cualquier parte de ella como espectacular, y porque la mirada insinuante que le había dirigido le aceleró el corazón.

—¿Que me relaje? —Abby se rio—. Pero si estoy viviendo en una caja de terciopelo…

—Puedo ordenar que te instalen en otro dormitorio.

Abby suspiró.

—No me refiero al espacio, sino a la situación. Las mentiras, el dinero…

—Te entiendo, pero comparado con huir de unos piratas del desierto, esto es un juego de niños.

—Sí, supongo que pueden ser considerados piratas y que el desierto tiene algo de mar —reflexionó Abby con un leve escalofrío—. No escapé, solo me resistí —le recordó, y una sonrisa curvó sus labios al recordar la huida a través de la oscuridad del desierto.

La imagen le recordó a su vez hasta qué punto estaba en deuda con Zain. Él ni siquiera había jugado esa carta y, de hecho, parecía empeñado en restar importancia al hecho de que la hubiera salvado de un espantoso destino. Teniendo en cuenta lo que le debía, Zain no le pedía tanto a cambio. Por mucho que a ella le pesara en la conciencia, sentirse incómoda un tiempo no era un precio a pagar demasiado alto.

—No te preocupes, acepté el trato y lo cumpliré.

—A mí me gusta tu cabello así. Es muy… tú.

Antes de que Abby pudiera decidir si era un halago o un insulto, Zain le abrió la puerta para salir. Justo antes de que lo hiciera, Zain la detuvo y se palpó los bolsillos del pantalón.

—Me he olvidado el teléfono… Espera –hizo una pausa–. ¿De qué tienes miedo?

—No es miedo… Es solo que la gente va a sentir curiosidad y a hacer preguntas.

—Lo dudo. Pero si las hacen, diles que me pregunten a mí.

Abby alzó la barbilla.

—¡No necesito que un hombre hable por mí! ¿Eres consciente de lo machista que suenas?

—Eres tú la que está actuando como si estuvieras indefensa.

Abby lo miró con ojos centelleantes.

—No estoy actuando.

—¿Quieres decir que te sientes indefensa?

La mirada de exasperación de Abby se transformó en desconcierto cuando en lugar de seguir hacia adelante, Zain retrocedió hacia el armario del dormitorio.

–¿Qué estás…?

Se quedó boquiabierta al ver que abría una de las puertas y la cruzaba.

–¿Qué demonios…?

Abby lo siguió, empujó la puerta y descubrió que detrás no había un armario sino un dormitorio tan palaciego como el de ella, pero con una decoración más masculina.

Se quedó paralizada en la puerta mientras Zain se acercaba a un escritorio y removía unos papeles buscando algo. Abby tardó unos segundos en asimilar el significado de lo que estaba viendo, y cuando lo hizo, se enfureció.

–¡Aquí está! –exclamó Zain.

Abby apretó los dientes.

–¿Este es tu dormitorio? –preguntó en tono acusador.

–Sí.

Abby respiró agitadamente.

–¿Pensabas decirme que había una puerta secreta en mi dormitorio?

Su tono pausado no engañó a Zain. Sabía que estaba furiosa, pero parecía divertirle.

–No es secreta, *cara*, todo el mundo sabe de su existencia. Mi bisabuelo la puso cuando su amante favorita se mudó al palacio. Y puesto que estamos casados, lo lógico es que compartamos la suite… incluso la cama –dijo Zain, recorriendo el cuerpo de Abby con la mirada. Pero antes de que reaccionara, la calmó–: Tranquila. Tiene un cerrojo. Si te preocupa tu virtud, podemos cerrarlo.

Su tono burlón hizo que Abby se sonrojara; o tal vez fue un efecto del hormigueo que sintió en el vientre.

–Soy perfectamente capaz de defender mi virtud, gracias.

La pregunta que empezaba a ser acuciante, dado que incluso la voz de Zain le hacía estremecer, era si quería o no defenderla.

Bajó la mirada al percibir que ese pensamiento le encendía aún más las mejillas.

–Así que no necesito ningún cerrojo –concluyó, diciéndose que no le iría mal un poco de autocontrol.

–No lo dudo, pero el cerrojo está en mi lado.

Por más que eso fuera verdad, la atracción, la misma que había experimentado en el desierto, era mutua, y más intensa de lo que Zain había experimentado en su vida.

De haber sido las circunstancias distintas, habría disfrutado explorándola, y a Abby. Apretó los dientes recordándose que solo iban a estar juntos dieciocho meses y que, aunque el sexo podría hacer que los dos primeros meses fueran más agradables y, sin duda, más entretenidos, luego quedaban unos cuantos más.

En su experiencia, una vez el deseo se agotaba, las mismas cosas que resultaban atractivas inicialmente de la otra persona, se convertían en irritantes, y luego llegaba el aburrimiento. En circunstancias normales, la solución era dejar de verse, pero en aquel caso, eso no sería posible.

Ni siquiera esa aleccionadora reflexión impidió que recorriera una vez más el espectacular cuerpo de Abby y que sintiera un intenso calor en la ingle. Apretando los puños, pasó a su lado bruscamente antes de hacer o decir algo de lo que se arrepintiera.

El súbito movimiento envalentonó a Abby.

–Ni lo sueñes –dijo despectivamente.

Zain se volvió bruscamente, tomándola por sorpresa. Estaba muy cerca de ella y podía sentir el calor que irradiaba de su cuerpo. Abby reaccionó instintivamente a la fuerza de su poderosa masculinidad, posando las manos en su pecho y empujándolo.

Su fuerza no podía competir con la determinación de Zain y cuando lo miró, él la estrechó contra sí, atrapando sus manos entre los dos y haciéndole sentir su sexo endurecido.

Abby intentó tomar aliento, pero el aire escapó de sus labios entrecortadamente. La respiración agitada y caliente de Zain le acarició el rostro cuando este agachó la cabeza hasta que sus labios quedaron a tan solo unos centímetros de los de ella.

La agitada quietud duró un segundo o tal vez una hora, antes de que Zain lo rompiera.

–¿Quieres que te cuente mis sueños, *cara*? –dijo con voz aterciopelada.

Unas alarmas más estridentes que las del hospital resonaron en su cabeza, pero las ignoró. Solo era sexo.

Abby gimió, cerrando los ojos al sentir los labios de Zain acariciar los suyos tan delicadamente que cada célula de su cuerpo clamó por más.

Su leve estremecimiento, sus cálidos labios relajándose contra los de él, acabaron con el último vestigio de control de Zain. Hundió los dedos en el cabello de Abby y la besó como un hombre sediento tras una sequía.

Abby entreabrió los labios, dándole la bienvenida, anhelando aquella intimidad al tiempo que se entregaba a aquel intenso y ávido beso.

Cuando separaron sus bocas los dos jadeaban como si acabaran de correr una maratón. Con sus alientos mezclados, Zain permaneció quieto, con las manos en el cabello de Abby y la nariz pegada a la de ella.

Los músculos de su mandíbula temblaron al tiempo que le daba un beso en la comisura de los labios.

–¿Quieres explorar mis sueños un poco más? ¿O tal vez los tuyos?

–Yo no tengo ese tipo de sueños –contestó Abby.

Capítulo 11

IGNORANDO su expresión de incredulidad, Abby esquivó a Zain y fue hacia la puerta con paso decidido, aunque mortificada por cómo había reaccionado al beso, y aún más, por el abrasador calor que seguía sintiendo en la profundidad de su vientre.

–¿Vas a guiarme tú?

Abby miró a Zain enfadada. Mientras que ella temblaba en su interior, él parecía totalmente tranquilo, y envidió su capacidad para encender y apagar su pasión como si fuera un interruptor.

«Tampoco me ha afectado a mí», se dijo con vehemencia.

–¿Tienen que seguirnos a todas partes? –preguntó.

Zain la miró desconcertado.

–¿A quién te…?

–A los dos hombres armados que no siguen. ¿Te suenan?

–Ah… Terminas por olvidarte de ellos –o te volvías loco–. Son nuestra seguridad.

–Ya supongo que no están ahí para entretenernos. ¿Te siguen a todas partes?

«Uno puede acostumbrarse a todo», se dijo Abby, incluso a la vibración con la que se cargaba el aire cuando Zain estaba cerca… siempre que no la tocara.

–Esa es su función.

–Resulta muy invasor…

–Es lo que pasa al vivir en una caja forrada de terciopelo.

La repetición de sus palabras hizo sonreír a Abby.

–Era una metáfora. De hecho, es una caja preciosa.

Caminaban bajo una arcada de mármol con intrincados relieves. A sus pies había un mosaico en azules y dorados tan intensos que parecía recién terminado, aunque debía de ser extremadamente antiguo.

–Si caminas más despacio puede que llegues a disfrutarlo.

Abby miró a Zain de reojo.

–¿Tienes mucho dolor?

–Me han recetado analgésicos muy fuertes.

Abby giró la cabeza para mirarlo.

–¿Y los estás tomando?

–Me importa más sentirme bien, que mi reputación de macho.

–¿Tienes una reputación de ma…? –Abby se adelantó hacia un arco por el que se apreciaba una vista que la había dejado sin aliento–. ¡Dios mío! –se apoyó en la barandilla que quedaba a la altura de la cadera y se inclinó hacia adelante.

–¡Cuidado! –exclamó Zain, tirando de ella hacia dentro.

Pasaron unos segundos antes de que Zain sintiera que su corazón le bajaba de la garganta al pecho: no fue fácil ahuyentar la imagen de Abby inclinándose demasiado hacia adelante y cayendo al vacío.

Tenía el pecho agitado, como si acabara de correr un sprint, y su respiración jadeante le provocó un agudo dolor en las costillas. Al volverse a mirar el perfil de Abby descubrió que era completamente ajena al peligro que acababa de correr, incluso ajena a él, pues contemplaba la vista panorámica con expresión embelesada.

Zain había querido sorprenderla, ver cómo reaccionaba, pero había acabado siendo él el sorprendido.

La ciudad original se había construido en tres lados del palacio; el cuarto, daba al desierto, que se ondulaba orgánicamente hacia el horizonte desde la base de roca sobre la que se erigía el edifico.

El mar de arena rojiza se extendía hasta las montañas, que en la distancia, recortadas contra el vívido azul del cielo, parecían azules.

Abby estaba tan fascinada con la vista, que tardó unos segundos en darse cuenta de que Zain estaba a su espalda y la sujetaba por los hombros. Y por muy espectacular que fuera el paisaje, su entusiasmo quedó ahogado por la intensidad con la que percibía la proximidad de Zain.

Pudo sentir un temblor que se elevaba desde la planta de los pies… Dio un paso adelante para romper el contacto, pero Zain la asió con fuerza al tiempo que maldecía entre dientes y le hacía volverse a mirarlo.

–¿Estás intentando matarme? –exclamó, indicando el precipicio con la barbilla.

Abby frunció el ceño al ver su expresión angustiada.

–Tranquilo, no me dan miedo las alturas.

Zain apretó los dientes.

–Pues a mí no me gustaría tener que recoger tus trozos del… –Zain acabó sacudiendo la cabeza con expresión sombría, y deslizó las manos por los brazos de Abby.

Cuando esta creyó que iba a atraerla hacia él, Zain retrocedió y dejó escapar con fuerza el aliento que había estado reteniendo.

Aliviada porque hubiera una barrera de aire entre ellos, Abby habría podido despejar la neblina que le envolvía la mente si Zain no la hubiera estado mirando con una mezcla de preocupación y de algo más, mucho más perturbador, que no supo definir

Ese «algo más» le aceleró el corazón hasta casi desbocársele cuando fijó la mirada en los labios de Zain y recordó el beso. Tragó saliva para librarse del nudo que se le formó en el estómago.

Permanecieron unos segundos paralizados, en silencio, hasta que Zain lo rompió, aunque no con un beso.

—Me has dado un susto de muerte. En este sitio…

—Es precioso —dijo Abby. Al tiempo que pensaba, contemplando su rostro: «como tú eres hermoso».

Zain asintió.

—Sí, pero también es peligroso.

También lo era la corriente eléctrica que vibraba en el aire, como lazos de seda que los rodearan.

—Mis ancestros solían traer aquí a sus enemigos para despeñarlos.

Abby se estremeció al imaginarse la escena.

—Como a todos los niños, de pequeño me encantaban ese tipo de historias truculentas. Cuando cumplí doce años, mi hermano me dijo que tenía un regalo para mí. Me trajo aquí… —Zain se volvió hacia el precipicio—. Para entonces ya era tan alto como Khalid, pero nos esperaban dos de sus amigos. Me sujetaron en el borde y amenazaron con tirarme… Querían que dijera que mi madre era una zorra… Me negué, así que me sujetaron sobre el vacío hasta que me desmayé de miedo.

Lo que no había conseguido el vacío, lo logró aquel relato de maltrato infantil: indignar a Abby hasta tal punto que la cabeza le dio vueltas.

–¡Qué crueldad! No me extraña que el palacio te dé miedo.

–No me da miedo.

–Tener miedo no es ningún pecado –dijo Abby, tomándole la mano y alejándolo de la apertura.

Zain tardó unos segundos en darse cuenta de que, asombrosamente, Abby estaba cuidando de él. Esbozando una sonrisa, dejó que lo llevara hacia la pared mientras ella se quedaba de espaldas al arco.

–¿Mejor así?

–No tengo miedo a las alturas; mi padre se ocupó de curarme. No sé cómo, se enteró de lo que había pasado… De pequeño, yo creía que era omnipotente –Zain rio con melancolía antes de añadir–: Sea como fuere, me trajo aquí y me obligó a mirar hacia abajo.

Abby abrió los ojos, indignada.

–¡Qué crueldad!

Zain la desconcertó al negar la acusación con la cabeza y sonreír.

–Yo me negué y entonces él sacó una piedra negra y pulida del bolsillo –extendió la mano y se frotó la palma con el pulgar como si todavía pudiera sentirla.

–¿Una piedra?

–Me la dio y me dijo que era muy valiosa y que tenía poderes mágicos, que la persona que la tuviera nunca se caería.

Abby se relajó y sonrió.

–Y tú le creíste –dijo, conmovida por la anécdota.

–Sí, le creí. Pero sobre todo, no quise decepcionarlo. Así que quedábamos a diario, y yo me asomaba al precipicio con un poco menos de miedo cada día. Pasada una semana, mi padre se retrasó. Como me aburría, decidí asomarme sobre la barandilla y ver qué pasaba si tiraba la piedra –Zain hizo una pausa y continuó–: Cuando me volví, mi padre estaba detrás de mí. Le dije que la magia no había funcionado, que la piedra se había caído.

–¿Y qué te dijo?

–Se encogió de hombros y dijo «Sí, pero tú no». Y se fue.

Abby sonrió.

–Suena como si tuvierais una gran relación.

–Cuando yo era pequeño, desde luego.

–¿Ahora no? –aun antes de ver el cambió de expresión en Zain, Abby se arrepintió de hacer la pregunta–. Disculpa, no es de mi incumbencia.

–¿Por qué no? No es ningún secreto –Zain miró hacia la ventana–. Mi padre era un buen hombre y un buen gobernante. Era fuerte, todo el mundo lo respetaba y la gente lo adoraba. Yo quería ser como él.

La amargura con la que rio, hizo estremecer a Abby.

–¿Qué pasó?

–Su matrimonio con mi madre fue un escándalo: ella tenía un pasado, y él otra mujer, la madre de Khalid. Pero a él no le importó; su amor por mi madre era una obsesión, una enfermedad. Puso su felicidad personal por delante de su deber.

–Quizá –empezó Abby titubeante– creyó que necesitaba tener a su lado a la mujer a la que amaba para poder ser mejor gobernante.

Zain sonrió despectivamente a su bienintencionada sugerencia.

–¡Ella lo abandonó!

–¿Y tú? –dijo Abby, compadeciéndose del niño que había sido y entristeciéndose por el hombre emocionalmente incapacitado en el que se había convertido.

–Yo sobreviví, pero mi padre no. Perdió interés en todo: su deber, su patria… Y si ella quisiera volver, la aceptaría sin pestañear

–¡Pobre hombre! –Abby sintió un escalofrío. Debía de ser espantoso amar a alguien tanto, haber atisbado el paraíso para luego ser expulsado de él.

–¿Pobre hombre? –repitió Zain, indignado–. Es un líder, un gobernante, tiene responsabilidades, pero las ha abandonado todas. Puede que siga aquí físicamente, pero podría desaparecer y nadie lo notaría.

–¿Estás enfadado con él? –Abby sintió lástima del pequeño que había descubierto que su héroe tenía pies de barro.

Visto desde la perspectiva de aquella historia familiar, Abby entendía por qué Zain no quería casarse, y por qué despreciaba el matrimonio.

–Me avergüenzo de él –las palabras parecieron brotar de un lugar profundo de él, y Zain se quedó tan perplejo al pronunciarlas como Abby al oírlas.

Zain se volvió bruscamente, arrepintiéndose de haber compartido algo tan íntimo y sorprendido por haberlo hecho.

–Vamos. Nos queda mucho por visitar –dijo en tono crispado al tiempo que reiniciaba el paseo.

Abby asintió y aceleró el paso para darle alcance.

Zain tenía razón: quedaba mucho terreno por recorrer, y todo él de una espectacular belleza. Zain hablaba de estructuras geométricas y de simetría, pero para Abby, los corredores y patios, los salones y las habitaciones, se presentaban sin ninguna secuencia lógica. Era un precioso y centelleante laberinto y Zain un magnífico guía. En lugar de atosigarla con un exceso de detalles, la entretuvo con pequeñas anécdotas que dotaban de vida a los antepasados cuyos retratos colgaban de la galería que coronaba el gran salón con bóveda de cristal azul.

Pero por más fascinantes que fueran las historias del pasado, Abby no podía dejar de pensar en la trágica historia de los padres de Zain.

—Esta —dijo Zain mientras recorrían un corredor de techo abovedado—. Es la parte más antigua del palacio. Solo se pasa por ella al ir hacia los establos.

Abby se había retrasado levemente y se detuvo.

—¿Crees que alguna vez se reunirán?

Zain se volvió con las aletas de la nariz dilatadas, pero Abby no se dejó amilanar y le sostuvo la mirada. Aclaró:

—Me refiero a tus padres,

—¿Te gustan los finales felices? —preguntó él despectivamente.

Abby se encogió de hombros.

—Como a todo el mundo. ¿No crees que tú serías más feliz si pudieras perdonar a tu padre? No pudo evitar enamorarse.

Zain apretó los dientes antes de responder.

—Por más que agradezca tu innecesaria preocupación por mi bienestar emocional —dijo con sarcasmo—, puedes evitártela. Solo eres mi esposa en papel. Por favor, no te dejes llevar por la descripción del empleo.

Abby tuvo que respirar profundamente para controlar el dolor irracional que la asaltó.

–Así lo haré –dijo con frialdad, haciendo con la mano el gesto de cerrarse una cremallera en la boca

Zain masculló algo incomprensible antes de relajarse parcialmente y sonreír.

–¿Tú, callada? Tendré que verlo para creerlo. Pero solo por aclarar una cosa: claro que uno puede evitar enamorarse. Solo es cuestión de fuerza de voluntad.

Abby escrutó su rostro en busca de algún rastro de duda, pero no la encontró. Zain irradiaba pura arrogancia masculina. Cuestión de fuerza de voluntad… Bien, pues ella tenía la oportunidad de ponerse a prueba. Podía seguir mirándolo o apartar la mirada; discutir o morderse la lengua.

Eligió la segunda opción en ambos casos.

–Así que por aquí se va a los establos –dijo.

–Sí –contestó Zain, experimentando una sensación de anticlímax al ver que Abby se limitaba a antecederlo atravesando el enorme arco de piedra cerrado por dos puertas de hierro y saliendo al aire fresco.

Abby respiró profundamente y miró alrededor abarcándolo todo. Había allí un rumor de actividad que Abby no había visto hasta entonces. Durante el recorrido del palacio, apenas se habían encontrado con nadie y aquellos con quienes se cruzaban, desaparecían tras hacer una reverencia, así que Abby no había podido deducir cuál era su función.

Allí, la gente se ocupaba en distintas tareas: cepillar a los caballos, limpiar las cuadras, conducirlos a través del patio empedrado hacia lo que parecía una bañera...

–Hidroterapia –explicó Zain, al seguir su mirada.

La tomó por el brazo y la condujo hacia la hilera de cuadras más próxima. Había tres similares en los tres lados del rectángulo, mientras que en el tercero había un edifico que parecía alojar despachos.

–Ya sé que los caballos no te entusiasman, pero he pensado que querrías saludar a un viejo amigo –la llevó a uno de los cubículos y charló con uno de los trabajadores con un desenfado que sorprendió a Abby.

El joven se les adelantó, entró en la cuadra y sacó a un caballo.

–Malik-al-Layl –dijo Zain, tomando las riendas del purasangre y acercándolo a Abby–. Creo que se acuerda de ti –comentó cuando el caballo agachó la cabeza hacia ella.

Tras una leve vacilación, Abby extendió la mano hacia el animal, a la vez que decía:

–No nos presentaron, Malik al-Layl, pero la culpa no es tuya –dedicó una mirada reprobadora a Zain–. Aquella noche hubo mucho anonimato –Abby saltó cuando el caballo le rozó la mano con sus labios aterciopelados, y sonriendo de oreja a oreja, exclamó entusiasmada–: ¡Puede que si se acuerda de mí!

–Nadie podría olvidarte.

Sus miradas se cruzaron, y Abby volvió a percibir la electricidad que a menudo cargaba el aire entre ellos. Bajó la mirada, pero no desapareció a pesar de que intentó concentrarse en buscar algo en el bolsillo.

–¿Has perdido algo? –preguntó Zain, acariciando el flanco del caballo.

Abby sacó apresuradamente la mano del bolsillo.

–Buscaba un pañuelo –improvisó.

–He pensado que tal vez querrías tomar algunas clases de equitación mientras estés aquí.

–Lo dices como si estuviera de vacaciones.

–No tiene por qué ser un castigo; nadie dice que no puedas pasarlo bien –la mirada de Zain buscó la de Abby y esta sintió el calor extenderse por todo su cuerpo–. Puede que hasta yo llegue a gustarte…

La sonrisa se borró del rostro de Abby al darse cuenta de que ese era el problema al que no quería enfrentarse: lo fácil que sería que Zain llegara a gustarle.

–No exageres –bromeó, negándose a analizar por qué la idea la daba tanto miedo–. Pero sí que me gustaría aprender a montar.

–Fenomenal, mañana… –Zain miró por detrás de Abby al oír ruido de cascos.

Abby se giró para ver quién había entrado en el patio justo cuando la amazona desmontaba con la gracilidad de una bailarina. Dos jinetes que la seguían, imitaron el movimiento con mucha menos elegancia. Antes de que tocaran el suelo, varios sirvientes se acercaron para sujetar las riendas de los caballos.

La mujer se quitó la gorra de montar y se retiró de la cara el cabello negro. Apenas miró al sirviente y dijo algo a los jinetes, que respondieron con una reverencia.

Entonces ella se volvió y, con la cabeza alta, la gorra en la mano y contoneando las caderas, fue hacia Abby y Zain.

Abby miró a Zain y descubrió que no miraba a la mujer, sino a ella. Pareció leer la muda pregunta que se reflejaba en sus ojos y asintió a modo de confirmación.

Abby interpretó la tensión que vio en el rostro de él como temor a que ella hiciera algo inadecuado que revelara su secreto. Y tuvo que admitir que era una preocupación bien fundada.

–¡Zain, querido!

Por un instante, Zain permaneció inmóvil. Entonces tomó aire y se acercó a ella con la mano tendida.

Se encontraron a medio camino, lo bastante cerca como para que Abby pudiera observar a la mujer, pero no oír lo que decían.

No estaba preparada para el golpe de emociones peculiares que le provocó verlos juntos, y decidió examinar a la mujer, en lugar de sus sentimientos.

A distancia, le había dado la sensación de ser perfecta. Más cerca, la percepción se intensificaba: aquella mujer no tenía un pelo fuera de sitio. Literalmente. El cabello que le rozaba los hombros era brillante y lustroso y no había ni una arruga en sus pantalones, que se ajustaban como guantes a sus caderas y a su trasero, ni la menor marca en su camisa de un blanco cegador. La chaqueta oscura estaba abrochada justo en la cintura para realzarla, y llevaba un pañuelo a la garganta que completaba la buscada imagen chic.

De perfil, sus facciones eran nítidas y menudas, y junto a Zain, parecía pequeña y delicada. Era el tipo de mujer que despertaba el instinto protector de los hombres,

El tipo de mujer que siempre hacía sentir a Abby grande y torpe. Por un instante se vio en el colegio, sacando una cabeza a las demás niñas, oyendo reír y burlarse de ella a las más populares. Irritándose consigo misma, apartó esas imágenes y se recordó que ella ya había madurado hacía mucho tiempo.

El sonido de una risa femenina devolvió su atención al presente, y se encontró apretando los dientes a la vez que la curiosidad se transformaba en un sentimiento que le impedía apartar la mirada. La mujer entonces alzó la mano al pecho de Zain, y Abby se preguntó si se estaba imaginando ese gesto íntimo.

Vio a Zain volverse y señalar en su dirección. Estaba hablando de ella, pero ¿qué decía? La mujer también se volvió y la saludó con la mano enguantada. Abby tardó unos segundos en contestar con un movimiento de la cabeza.

Entonces la pareja se encaminó hacia ella y para cuando la alcanzaron, Abby había conseguido forzar una sonrisa convincente.

–Kayla, esta es mi esposa, Abby; Abby, esta es Kayla, la viuda de mi hermano –las presentó Zain.

–Siento mucho… tu pérdida –dijo Abby.

Kayla sonrió y sus pendientes de diamante centellearon bajo el sol.

–Gracias. Están siendo unos días difíciles. Mi madre ha insistido en que salga. Zain lo entiende porque él siente lo mismo.

El rostro imperturbable de Zain impedía saber si estaba de acuerdo o no.

Kayla se llevó una mano al pecho y continuó:

–El desierto… para nosotros –miró a Zain–. Es difícil explicárselo a alguien de fuera… Tenemos con él una conexión espiritual que nos limpia el alma.

Sin saber qué decir, Abby se limitó a balbucear:

–¡Qué bonito!

–Siento no haber estado aquí anoche para recibirte.

Abby encontró la sonrisa de Kayla fingida.

–No tiene importancia –dijo.

–Todo el mundo tiene que conocerte. ¿Qué tal si vienes a tomar el té un día? Podemos ir de compras… Vamos a ser grandes amigas –se inclinó y besó a Abby en ambas mejillas, sin llegar a tocárselas.

Sin esperar respuesta, Kayla alzó el rostro hacia Zain.

Abby desvió la mirada y enredó los dedos en la crin del caballo, pero por el rabillo del ojo, percibió que Zain vacilaba antes de inclinarse para darle un beso al aire, cerca de la mejilla. Y cuando Abby se volvió de nuevo, vio a Kayla tomarle la mano entre las suyas y llevársela al pecho, antes de soltársela.

–Perdona, es que he estado a punto de perder a mis dos hombres.

Abby se dijo que el énfasis en «mis dos» era producto de su imaginación al tiempo que se sentía culpable por la nula compasión que sentía por ella.

–Hasta luego… ¿Zain? –Kayla enarcó una ceja hacia él e inclinó la cabeza como despedida a Abby antes de alejarse seguida de los dos hombres de seguridad.

–Así que esa es Kayla.

–Así es –dijo Zain.

Su respuesta no proporcionó a Abby la menor pista sobre el aire enrarecido que le había parecido percibir entre ellos.

–Es muy hermosa.

«Es venenosa» habría querido decir Zain. Pero se limitó a dar una última palmada al caballo y a indicar a un hombre que se lo llevara.

–Nos ha invitado a cenar con ella esta noche.

Abby asintió sin entusiasmo.

–Debe de estar destrozada.

–Le he dicho que estabas muy cansada –Zain estaba dando la oportunidad a Abby de que lo contradijera, pero confiaba en que no lo hiciera–. ¿Te importa?

–Claro que no –contestó Abby confusa–. No vamos a pasarnos el día juntos, ¿no? Estoy segura de que estarás muy ocupado asumiendo tu nuevo papel...

–Así es. Tengo la intención de estar más encima de todo que mi hermano. Va ser un aprendizaje complicado. En cuanto a ti, pronto tendrás tu propio personal. No se sí si querrás hacer las entrevistas personalmente o que las haga Layla.

–¿Para qué quiero mi propio personal? –preguntó Abby desconcertada–. No estoy aquí más que...

–Todo el mundo debe creer que estás aquí de verdad. ¿Qué vas a hacer sino, esconderte los próximos meses? Te aburrirías en dos minutos –predijo Zain.

–Así que quieres que ocupe mi tiempo con clases de equitación y ¿qué más? ¿Obras de caridad?

Zain se dio cuenta de que Abby no tenía ni idea de cuáles eran los deberes de la esposa de un príncipe.

–Estar ocupada evitará que tengas problemas.

Incluidos lo que pudiera provocar Kayla. La única razón por la que había aceptado la invitación a cenar era exigirle que dejara en paz a Abby y aclararle que no había la menor posibilidad de que ellos dos volvieran a tener una relación.

Estaba seguro de que al insinuársele mientras su esposa estaba a unos metros de distancia, Kayla había pretendido excitarlo. Pero había logrado el efecto contrario: le había hecho preguntarse cómo era posible que le hubiera gustado y haber estado ciego a su desmedida ambición.

Estar en público había impedido que le diera la respuesta que se merecía, pero aquella noche se aseguraría de dársela.

Capítulo 12

ZAIN volvió a la suite con paso acelerado y sumido en sus propios pensamientos. Abby intentó romper el silencio en un par de ocasiones, pero se dio por vencida.

Cuando llegaron a la puerta del dormitorio, Zain miró el reloj.

–Perdona, llego tarde a una cita con mi padre –dijo Zain–. Si necesitas algo, llama a Layla.

Abby asintió y fue a entrar, pero Zain añadió:

–Mi padre lleva una vida recluida y la muerte de mi hermano ha supuesto un duro golpe. No te ofendas por que no quiera verte –sonrió con melancolía–. Yo nunca me ofendo.

Abby se preguntó si eso era lo que se decía de niño cada vez que se sentía rechazado por su padre.

Contestó mensajes de sus abuelos y de su agente, que quería saber dónde demonios estaba, y luego comió algo en su salón privado antes de intentar relajarse dándose un baño.

Pero su mente no descansaba. ¿Cómo habría ido la cita de Zain con su padre? ¿Cómo habría reaccionado este a que se hubiera casado en secreto? ¿Se lo estaría contando Zain a Kayla durante la cena? ¿Estaría ella animándolo? Abby estaba convencida de que no se había inventado la intimidad que había visto entre Zain y la viuda… la viuda negra, tal y como había pasado a llamarla para sí, aunque quizá fuera por celos.

—¡Celos! —exclamó en alto, sumergiendo la cabeza en el agua y tomando una bocanada de aire al sacarla.

«Ni se te ocurra» dijo a uno de sus muchos reflejos en los espejos que la rodeaban. Una cosa era que Zain la atrajera, que despertara en ella una sensualidad que no había experimentado nunca, pero no podía olvidar que estaba allí para hacer un trabajo por el que tendría que pasar mucho tiempo con él y que luego se marcharía.

Salió del baño y despejó el vapor del espejo.

«¿Quieres sexo sin amor?», se preguntó.

«Depende de con quién…».

Abrió los ojos desmesuradamente antes de cerrarlos. La honestidad con uno mismo no era siempre lo mejor. Tomó una toalla y mientras se secaba, se recordó que estaba allí exclusivamente para asegurar una transición suave de poder.

Los dos hombre que lo seguían se detuvieron a una distancia respetuosa cuando Zain se detuvo bruscamente, tal y como había hecho hasta cuatro veces desde dejar los aposentos de su padre. Al cruzar la puerta de su sección del palacio, despidió a los hombres con un gesto y cerró la puerta tras de sí.

Estaba en estado shock. Cerró los ojos y siguió escuchando retazos de la conversación con su padre:

—Varios miembros del consejo han venido a expresar su… preocupación por la mujer que has elegido como esposa.

Zain le escuchó recitar la lista de nombres, sin prestar demasiada atención porque ninguno le sorprendía. Hasta que su padre tuvo su total atención al decir:

–Les he dicho que cuentas con mi total apoyo.

Zain había calculado que podría apelar al sentimentalismo de su padre para ganarse su apoyo, pero le desconcertó recibirlo libremente.

–Me alegro de que hayas encontrado a alguien –continuó su padre–. Dirigir este país es un trabajo solitario que no le desearía ni a mi peor enemigo, así que mucho menos a un hijo.

–Solo será mi trabajo temporalmente, padre.

–No, Zain. Tengo la intención de abdicar en ti. Lo habría hecho antes, pero tu hermano… Será mejor que no hablemos de los muertos.

Por más que se repitiera el dialogo, Zain no lograba salir de su estupefacción.

Recorrió la habitación de arriba abajo. Él nunca había necesitado un hombro en el que apoyarse, ni alguien a quien hacer confidencias; no había nadie en su vida que pudiera hacerle daño si lo abandonaba. Pero tanto su padre como Abby habían hecho referencia a la soledad de la tarea de gobernar.

Para Zain, estar solo era algo positivo, pero estaba seguro de que no convencería a Abby, quien le había sorprendido con una visión romántica de la vida de la que no le había curado ni siguiera una profesión tan cruel como la suya… Y Abby era testaruda.

Esbozó una sonrisa al visualizar su rostro con tanta nitidez que casi alargó la mano para tocarlo, pero cuando parpadeó solo vio la puerta que comunicaba con su habitación. Fue hasta ella y posó la mano en el picaporte durante unos segundos, antes de dejarla caer y recordarse que la soledad era una bendición, no un castigo.

Al contrario que la noche anterior, en lugar de quedarse profundamente dormida de inmediato, Abby se revolvió y dio vueltas mientras en su mente los pensamientos se movían en círculos, repitiendo fragmentos de conversaciones y de situaciones.

En varias ocasiones miró la puerta oculta, preguntándose cuántas veces se habría utilizado para relaciones ilícitas, cuántas amantes y esposas de hombres poderosos habrían ocupado aquella cama... por más que ella solo fuera esposa sobre el papel.

Una esposa que debía de ser la única virgen de veintiún años sobre el planeta. No había sido algo deliberado. Durante su adolescencia, los chicos se burlaban de ella, así que se había refugiado en libros sobre el verdadero amor, donde había leído acerca de grandes pasiones y no de torpes y frustrantes encuentros como los que parecían disfrutar sus compañeros de clase.

Resultaba irónico que, en el presente, montones de hombres la desearan y que, para que la dejaran en paz, hubiera acabado teniendo fama de distante y fría. En cierto momento, pensó que debía dar una oportunidad al amor, y por eso había empezado a salir con Greg, diciéndose que aunque no despertaba en ella la menor pasión, al menos era encantador... Esa sí que había sido la mayor ironía.

Tal vez era de evolución lenta y por eso acababa de experimentar por primera vez en su vida el deseo, justo cuando resultaba más inoportuno. Así que solo le quedaba confiar en que algún día descubriría el equilibrio perfecto al encontrar el verdadero amor.

Se levantó y fue hasta la ventana. Desde el jardín de hierbas aromáticas ascendía un delicioso perfume; se oía el agua en las fuentes. Alzó el rostro y la brisa le pegó al cuerpo el camisón de seda azul pálido que había elegido entre los que encontró en los cajones. Levantó una mano a su cabello y uno de los tirantes se deslizó de su hombro.

Entones se quedó paralizada al oír un perturbador ruido en la oscuridad. Era… como el gruñido de un animal que deambulara por el jardín. Pero cuando volvió a oírse, Abby se dio cuenta de que no procedía del exterior, sino de la habitación de al lado, y de la garganta de un ser humano.

Sin pensárselo, corrió hacia la puerta y la cruzó. La luz de la luna bañaba la habitación e iluminaba la cama de madera que ocupaba el centro.

El aullido que emitió la figura que yacía en ella heló la sangre de Abby. Con el corazón acelerado, fue hasta la cama, subió y se aproximó al hombre que gemía de rodillas, inclinado hacia adelante y con las sábanas enredadas a la cintura, que dejaban su espalda y su cabeza expuestas a la luz de la luna. Su piel brillaba como aceite y cada uno de sus músculos se marcaba en tensión, como perfecto diagrama de anatomía humana.

Para entonces, el único sonido perceptible era el de la respiración agitada de Zain.

–¿Zain…?

Él levantó la cabeza.

–Vuelve a la cama, Abigail –dijo con una voz dolorida que atravesó a Abby.

Alargó la mano tentativamente para tocarle el hombro.

—¡Márchate de aquí! —gruñó Zain.

La lógica indicaba que eso era lo más prudente, pero en la misma medida que Abby no podía reprimir la respuesta física que Zain despertaba en ella, la respuesta a su evidente sufrimiento fue igualmente poderosa e instintiva.

—Puedes ser tan grosero como quieras, pero no pienso irme hasta que me digas qué demonios está pasando —recordó el descarnado grito y se estremeció—. Cuéntamelo. Te saldrá más económico que ir a un terapeuta y mi discreción está garantizada.

Zain suspiró profundamente, rodó sobre la espalda y cerró los ojos. En la luz de la luna, parecía una hermosa estatua.

Pasaron unos segundos durante los que su silencio contrastó con las emociones que Abby podía percibir que lo recorrían.

Podía ver la cintura de sus bóxers justo debajo de las caderas; su estómago plano y musculoso, cada músculo destacando con cada inspiración. Los hematomas multicolores de sus costillas se vislumbraban bajo la suave capa de vello de su torso. Su cuerpo tenía una fuerza y una belleza que despertaban una parte del corazón de Abby que hasta entonces había desconocido tener.

—Márchate, Abigail Foster. No soy… seguro para ti —su mirada azul se deslizó por el cuerpo de Abby, revelando sus libidinosos pensamientos.

—No quiero meterme donde no me llaman… Solo quiero… —Abby rectificó y concluyó con firmeza—: Solo quiero ayudarte y no vas a conseguir ahuyentarme. No te tengo miedo.

Zain la miró y ella sonrió al darse cuenta de que era verdad, de que aun no sabiendo quién era, siempre se había sentido segura con él.

–¿Es el accidente? ¿Sueñas con él? –preguntó.

Zain resopló.

–Sí, *cara*.

–Me dijiste que no te llevabas bien con tu hermano, pero erais hermanos y sé que quien sobrevive un accidente…

Zain alzó la mano y le tocó los labios.

Ella inhaló y olvidó qué era lo que iba a decir al sentir un cosquilleo expandirse desde ese punto de contacto. Zain retiró el dedo y Abby exhaló; él dobló el brazo bajo la cabeza y el gesto hizo que el bíceps se le contrajera y que el hormigueo que recorría a Abby se intensificara.

–No sufro de síndrome del superviviente… –la interrumpió él–. Ojalá el mundo fuera como tú crees, *cara*, pero la brutal realidad es que no todos los hermanos se quieren. El mío me odiaba.

Abby sintió un nudo en la garganta. No soportaba ver sufrir a Zain y sentirse culpable por algo que no nadie podría haber evitado.

–No puedes culparte; fue un accidente, discutíais… Las familias…

–No me siento culpable –le cortó Zain con una violencia que la desconcertó.

–Eso está bien.

–¡Bien! –exclamó Zain, llevándose una mano al rostro. Un instante después la bajó, se incorporó sobre el codo y tomando a Abby por la barbilla le hizo mirarlo–. No fue un accidente. Fue planeado.

–¿Cómo es eso posible?

Zain la miró con escepticismo.

–Tú crees que la bondad siempre vence a la maldad, ¿verdad?

–No soy tan ingenua, Zain, pero sí creo que la mayoría de la gente actúa correctamente.

–¿Tú crees que fue «lo correcto» que mi hermano me citara para acabar con nuestras vidas? –Zain vio la cara de espanto de Abby, pero continuó–: Khalid se había enterado de que tenía cáncer terminal, así que decidió… llevar a cabo su última venganza, arrastrándome con él. Era su manera de quererme –concluyó Zain con una amarga sonrisa.

–No fue un accidente –susurró Abby horrorizada–. Fue un intento de asesinato.

–Y estuvo a punto de conseguirlo. Si la puerta no llega a abrirse en el último momento, estaría muerto. Y cada vez que cierro los ojos veo a mi hermano y su rostro cargado de odio.

–Es espantoso. ¿Se lo has dicho a alguien?

Zain negó con la cabeza. No había tenido la intención de contárselo a nadie, y menos a una mujer a la que apenas conocía. Pero aunque se repitiera que solo le unía a ella la atracción sexual, Abby había despertado en él algo más profundo de lo que había sentido nunca, y por primera vez comprendía por qué algunos hombres confundían aquella primaria conexión por amor.

–Mi padre no debe saberlo nunca… Khalid ya le hizo sufrir lo bastante. La verdad lo mataría.

Abby se llevó la mano al pecho.

–No se lo diré a nadie.

El silencio se prolongó mientras se miraban fijamente. Zain alzó la mano y la hundió en su poblada melena hacia la nuca. Con el corazón desbocado, Abby se elevó sobre las rodillas y colocó las manos a ambos lados de la cabeza de Zain antes de inclinarse lentamente sobre él.

Con el roce de sus labios Abby sintió una descarga eléctrica. Se tensó y, dando un suspiro, se entregó a la lenta y sensual exploración a la que la sometió Zain. Se arqueó contra él cuando deslizó las manos por sus hombros y sobre la fina seda de su camisón. Para cuando alcanzaron sus apretadas nalgas, Abby temblaba de deseo.

–Te he deseado desde que te vi –dijo él con la voz densa, echándola sobre la espalda y colocándose sobre ella.

El deseo primario que intuyó en él excitó a Abby más de lo que hubiera soñado posible. Le recorrió la espalda con las manos, una muralla de músculos envuelta en una piel de seda, pero se detuvo bruscamente al recordar sus heridas.

Zain alzó la cabeza.

–¿Qué pasa?

–Te deseo, Zain, quiero tocarte, saborearte –susurró ella, estremeciéndose ante la crudeza de sus palabras–. Pero no quiero hacerte daño.

Zain rio con una mezcla de ternura y alivio.

–Deja que te muestre hasta qué punto me haces daño, ángel.

Le tomó la mano y la deslizó por debajo de los bóxers, cerrando sus dedos alrededor de su suave y duro sexo.

Abby contuvo el aliento con el corazón acelerado sin dejar de mirar a Zain a los ojos. Imaginárselo en su interior fue tan excitante que apretó los dedos. Más que oír, sintió la vibración de un gemido en el pecho de Zain; él le retiró la mano y la sujetó junto a su cabeza. Con la mano libre, le acarició la mejilla y le bajó lentamente los tirantes del camisón.

Entonces se inclinó y ella sintió su aliento en la mejilla.

—Tu piel es como la seda —musitó, besándole la base de la garganta—. Quiero verte.

La erótica afirmación dejó a Abby sin aliento e intensificó el deseo que le palpitaba en el vientre, pero también le provocó un súbito temor que estropeó el momento.

—¿Qué pasa?

—Eres consciente de que mis fotografías están retocadas, ¿no? —dijo con timidez—. No soy perfecta…

Zain tomó sus puños cerrados y los besó.

—Eres preciosa. Y te deseo… Te necesito.

El fuego con el que Zain expresó su anhelo empezó a despejar los temores de Abby, y el hambriento beso que lo siguió, concluyó la tarea.

Abby permaneció echada, jadeante, mientras él se incorporaba lo bastante como para bajarle el camisón hasta la cintura. Sus ojos hicieron pensar a Abby en dos hogueras azules y dejaron una abrasadora huella en su piel mientras Zain observaba sus senos y cubría uno de ellos con la mano. Cuando pasó la lengua por su endurecido pezón, Abby dejó de pensar.

Ver la cabeza oscura de Zain junto a su seno le resultó lo más erótico que había visto en su vida. Él la miró y dijo:

–Quiero sentirte a mi alrededor, Abigail, apretándome fuerte.

Abby no pudo articular palabra a través del nudo que le había atenazado la garganta al estallar en su interior una llamarada que la despertó a la vida. Había deseado a Zain, había querido consolarlo y consolarse, sentir su calor, sentirse segura; pero lo que estaba experimentando era algo mucho más peligroso y salvaje. Sentía la piel ardiendo y tembló de deseo cuando él le acaricio un seno, y jadeó contra la boca de Zain cuando este tiró del camisón hacia abajo.

Al sonido de la tela rasgada le siguió la sensación de aire fresco contra la piel caliente.

Abrió los ojos y se incorporó al ver que Zain se separaba de ella, pero la inquietud se borró de su rostro cuando vio que solo iba a quitarse los bóxers.

Cuando volvió junto a ella, Abby recorrió con mirada lasciva las perfectas líneas de su cuerpo. El poder y la belleza de su cuerpo varonil en plena erección la embriagó de un deseo que le hizo sentir un intenso y húmedo calor entre las piernas.

Zain la empujó suavemente sobre la cama y se colocó sobre ella. El primer contacto, piel contra piel, fue eléctrico. Zain le separó los labios y metió la lengua en su boca repetidamente, en un ensayo de la penetración que estaba por llegar. Abby hundió los dedos en su cabello y le devolvió el beso con igual fiereza.

Las manos de Zain la recorrieron, acariciándola, tocándola hasta que sus nervios se saturaron de placer y Abby anheló liberar parte de la tensión que se acumulaba en su interior. Cuando Zain deslizó la mano entre sus cuerpos y abrió sus sensibles pliegues antes de meter un dedo en su húmeda y lubricada cueva, ella gritó su nombre.

—¡Zain!

Y le clavó las uñas en la espalda al tiempo que él le separaba las piernas y, elevándose levemente, brillando de sudor, la penetró con un poderoso empuje.

Abby dejó escapar el aliento lentamente entre sus labios al tiempo que absorbía la sensación de tenerlo en su interior, haciéndola consciente de sí misma de una manera que no había experimentado nunca.

Sus párpados aletearon cuando oyó la exclamación ahogada de sorpresa de Zain antes de que mascullara algo confuso, dejara caer la cabeza sobre el hombro de Abby y luego la levantara parcialmente. Entonces Abby sí pudo entender lo que decía y percibir su preocupación.

—¿Estás bien?

—Maravillosamente —gimió ella—. No pares, por favor.

—No podría ni aunque quisiera —la tensión con la que Zain se expresó se reflejó en su rostro al tiempo que volvía a moverse y Abby suspiraba con alivio.

El placer se incrementó a medida que Zain lenta y cuidadosamente, fue penetrándola más profundamente, meciéndose dentro y fuera de ella repetidamente, tocando puntos que alimentaban directamente los centros de placer del cerebro de Abby.

Ella arqueó la espalda y se asió a sus caderas, atrayéndolo profundamente hacia sí, enredando las piernas a su cintura hasta que no hubo barreras entre ellos y Abby alcanzó el clímax unos segundos después de sentir el cálido fluido de Zain dentro de ella; cada músculo de su cuerpo se tensó antes de relajarse en una sucesión de espasmos que la dejó exhausta y jadeante bajo el peso de Zain.

Seguía en estado de flotación cunado Zain se movió y se echó a su lado, boca arriba.

Un sentimiento primario de posesión se asentó en el pecho de Zain mezclado con una profunda ternura mientras intentaba asimilar la noción de que había sido el primer y único amante de Abby.

–He perdido el control… Perdona.

Abby lo miró indignada.

–¡No te atrevas a decir que lo sientes! –siseó.

–Asumía que… Hay un montón de noticias sobre… –nada de eso era excusa, y Zain se avergonzó de dar pábulo a los rumores.

–¿Sobre mis múltiples amantes? Es todo mentira. Son cosas de mi agente para conseguir publicidad. A algunos de los hombres con los que se supone que me he acostado ni siquiera los conozco.

–¿Y no te importa?

–Es todo bastante inocente, y mis abuelos no se enteran, así que…

–Si hubiera sabido que era tu primera vez no habría sido tan…

–Has sido perfecto –interrumpió Abby, ruborizándose.

–Me sentiría halagado si no fuera por que no tienes con quién comparar. Otra cosa… –Zain vaciló.

–¿He hecho algo malo?

–Tú, no. Yo… no he usado protección. ¿Estás…?

–No.

–Eso podría complicar las cosas.

Abby tragó saliva.

—Solo ha sido una vez.

Zain tiró de ella y la colocó debajo de él, dándose cuenta del nuevo escenario que se abría ante ellos.

—No tiene por qué ser solo una vez. Dieciocho meses es mucho tiempo para no….

Abby podría haberle dicho que ella llevaba veintidós años «sin», pero decidió callárselo.

—¿Quieres decir que no vas a…?

Dejó la pregunta en suspenso, arqueándose al sentir la mano de Zain recorrerle las nalgas.

Zain completó la frase por ella:

—¿Acostarme con otras?

Abby asintió con la cabeza.

—Te respeto demasiado como para hacer eso.

Abby lo creyó, pero percibió cierta inseguridad en su tono.

—Yo no quiero tu respeto, sino tu…

Abby fue a incorporarse, pero Zain la sujetó y, tomándola por la barbilla hizo que lo mirara.

—¿Qué quieres, Abby?

Ella entornó los párpados para evitar que él pudiera leer la respuesta en sus ojos.

—Quiero…

Fue como si un susurro en su mente de pronto se convirtiera en un grito ensordecedor que la dejó perpleja.

¡Amor!

¡Quería amor!

El instinto de supervivencia la movió a un ejercicio de racionalización inmediato. Todo el mundo quería amor en su vida. Solo alguien muy imprudente querría ser amado por un hombre incapaz de amar. Por

otro lado, ¿tenía sentido rechazar lo que Zain le ofrecía cuando acababa de experimentar una pasión con la
que jamás había soñado? El amor era maravilloso,
pero también lo era la primaria conexión física que
había entre ellos.

Sus reflexiones se vieron interrumpidas por un
beso de Zain y de pronto supo que aceptaría lo que él
le ofrecía.

–Yo también quiero esto –susurró Zain contra sus
labios–. Además, no pienso dar lugar a rumores acos-
tándome con otras mujeres, y más teniendo en cuenta
los últimos acontecimientos.

–¿Qué acontecimientos?

–Mi padre me ha anunciado que va a abdicar en mí.
Le he persuadido de que espere un tiempo para anun-
ciarlo, pero cuando se filtre la noticia, que se filtrará,
seré sometido a un constante escrutinio.

–¿Quieres decir que vas a…? –el resto de la pregunta quedó ahogado por un beso de Zain.

–Voy a estar muy frustrado si no te concentras en
tu próxima lección.

Su voz aterciopelada hizo estremecer a Abby.

–¿Va a haber otra lección?

De hecho, recibió dos más aquella misma noche.

Capítulo 13

ZAIN se había ido antes de que Abby despertara y aunque ella recordaba vagamente que le había dado un beso de despedida, debía de haber sido hacía rato, puesto que las sábanas estaban frías.

No era la primera vez que se despertaba sola desde su llegada a Aarifa, pero durante aquellas cuatro semanas había comprendido que Zain trabajaba tanto porque tenía una misión.

Inicialmente Zain se sorprendía de que preguntara por su trabajo y Abby sospechaba que no creía que su interés fuera sincero, pues le respondía vaguedades; pero cuando había descubierto que estaba verdaderamente interesada en sus asuntos, sus explicaciones se habían hecho más precisas. Hasta que había llegado un momento en que se las daba por voluntad propia, anunciándole éxitos o nuevos obstáculos.

Recientemente, incluso le había pedido su opinión, y Abby se había sentido halagada de que la valorara.

Pero nunca hablaban de la princesa Kayla. Durante las semanas precedentes habían corrido rumores cuyo objetivo, tal y como lo entendía Abby, era dañar su reputación. Afortunadamente, una mujer de la corte con la que había hecho amistad, le había advertido que Kayla era la instigadora de esos rumores, y Abby había podido minimizar el daño que podían causar.

También corrían rumores que habían despertado sus celos, sobre una relación entre Zain y Kayla previa al matrimonio de esta.

Cuando le había preguntado a su amiga por qué Kayla la odiaba tanto, la mujer había respondió inicialmente con un escueto: «No soy yo quién para hablar de eso». Pero tras presionarla un poco, había añadido:

–Kayla quiere lo que tú tienes, *Amira*. Fui al colegio con ella y sé que es capaz de hacer lo que sea para conseguir sus objetivos. Pregúntale al príncipe.

Pero Abby sabía que Zain solo le diría que evitara a Kayla, y además, ella quería demostrarle que era fuerte y que podía enfrentarse a las dificultades por sí misma. No le correspondía sentir celos del pasado. Y en cualquier caso, tenía el consuelo de que Zain dormía cada noche con ella.

Se levantó y fue al cuarto de baño tarareando, pero calló bruscamente al notar la habitual presión en el vientre de cada mes. Tras la primera vez, Zain y ella siempre habían usado protección, pero hasta ese momento había sabido que, aunque mínima, cabía la posibilidad de que estuviera embarazada. En aquel momento, tenía la prueba de que no lo estaba,

Súbitamente, se echó a llorar con una pena que brotó de un lugar profundo de su ser, hasta que finalmente el llanto remitió. Sorbiéndose la nariz, se refrescó la cara con agua y, mirándose al espejo, exclamó:

–¡Contrólate!

Pero siguió observándose con el ceño fruncido.

Su reacción la había desconcertado. Aquello era precisamente lo que quería, se recordó. Y sí, estaba aliviada, o al menos parcialmente. Pero una parte de ella se sentía...desilusionada. Y admitirlo incrementó su desconcierto.

Quedarse embarazada habría complicado enormemente la situación. Por supuesto que quería ser madre, pero cuando tuviera un hijo, quería que fuera producto de una relación amorosa, el hijo de un hombre con el que se hubiera comprometido de por vida.

Contuvo un nuevo sollozo y abrió los ojos desmesuradamente a la vez que palidecía horrorizada.

La verdad la golpeó con la fuerza de un tsunami: ¡había querido tener un hijo porque amaba a Zain!

La admisión fue acompañada de un profundo dolor. Amar a un hombre que nunca le correspondería solo podía causarle dolor. Por eso se había resistido a reconocerlo y se había entretenido con asuntos irrelevantes; para acallar palabras que en ese momento se repetían en su cabeza.

Zain era el último hombre del que esperaba enamorarse. Él estaba equivocado, no había elección, el amor desafiaba a la lógica.

La paciencia no era una de las virtudes de Zain y las últimas semanas en Aarifa habían resultado a menudo increíblemente frustrantes. En ocasiones había estado a punto de darse por vencido ante los obstáculos que encontraba para llevar a cabo sus reformas.

Pero aquel día había sido excepcional y al mirar el reloj vio que todavía era temprano. El desayuno de trabajo había sido fructífero y había alcanzado un inesperado acuerdo con uno de sus más obstinados opositores.

Días así le compensaban por todos aquellos en los que solo encontraba una sucesión de dificultades, días en los que, de no ser por que podía compartir sus dudas con Abby y ella lo calmaba, habría sido capaz de olvidarse de toda mesura y habría encarcelado a aquel puñado de hombres avariciosos.

Abby iba a estar encantada con las noticias que tenía… No podía esperar a… Zain se paró en seco, atónito.

¡No podía esperar! Literalmente.

Estaba ansioso por compartir con ella su triunfo, igual que sus derrotas, y eso era algo completamente nuevo en él.

¿Hasta qué punto se había desviado de su plan original, si es que había tenido alguno? Había cambiado tantas veces que ya no lo sabía. El primer cambio de rumbo había sido inevitable porque hubiera sido imposible resistirse a la intensa atracción sexual que había entre ellos.

Pero el sexo no era el problema. Lo que lo inquietaba era darse cuenta de que entre ellos había crecido una conexión emocional, casi simbiótica. Y si se sentía ya así, ¿cómo sería cuando se cumplieran los dieciocho meses de su acuerdo?

Aminoró el paso. No necesitaba a Abby. A ella le gustaba participar en su vida diaria, estaba sola y habría sido cruel, se dijo, dejarla al margen.

En realidad, lo único que había cambiado era que podrían separarse como amigos… si es que los examantes podían ser amigos. O tal vez incluso serían padres… todavía desconocían las posibles consecuencias de su irreflexivo comportamiento en su primera noche.

Entró en la habitación de Abby y estuvo a punto de tropezar con una maleta que había junto a la puerta.

Por un segundo su mente se bloqueó. Pero cuando empezó a funcionar, algo muy parecido al pánico le formó una bola de hielo en el pecho. Antes de que pudiera identificar qué era, se transformó en una furia ciega. Abby iba a abandonarlo. ¡Como todo el mundo!

Temblando, cruzó la habitación hasta el vestidor, que estaba abierto.

Con el pasaporte en la mano, Abby estaba de pie con expresión ausente. Llevaba una cazadora, una camisa de seda blanca y unos pantalones pirata.

–¿Qué demonios está pasando?

¿Había pretendido escaparse durante su ausencia?

Abby parpadeó, intentando ocultar su tristeza y su angustia por la verdad que estaba segura que se reflejaba en su rostro. Estaba tan absorta en sí misma que apenas registró el enfado de Zain.

–Perdona, ha sido una decisión súbita –consiguió esbozar una sonrisa forzada que se borró al instante. Necesitaba tiempo para aclararse. Si se quedaba iba a cometer un error irreversible, como contarle lo que le pasaba–. Te habría llamado, pero no quería interrumpir tu reunión. ¿Qué tal ha ido?

–¡Al demonio con mi reunión! –gruñó Zain.

–Perdona –dijo Abby mecánicamente, asumiendo que le había ido mal y enfadándose con aquellos hombres que le hacían la vida imposible–. Es solo que he ido posponiendo ir a ver a los abuelos y debo hacerlo. Solo les conté la mitad de la historia, y merecen saberla entera. Además, el abogado ha avisado que el contrato de la casa está listo, y me gustaría darles la llave en persona.

–Vas a volver…

La furia de la mirada de Zain se apagó mientras escrutaba el rostro de Abby. Entonces se dio cuenta de que estaba pálida y que tenía los ojos enrojecidos… Y el impulso de protegerla fue tan poderoso que le costó respirar.

–Esta noche mismo, no… A no ser que me necesites.

–No tiene importancia –dijo él con un encogimiento de hombros que dejaba claro que no necesitaba a nadie.

–Espero que no te importe que haya pedido que preparen tu avión –dijo ella, esquivando su mirada.

Zain frunció el ceño y Abby temió que se diera cuenta de que mentía.

–Claro que no. ¿Me llamarás cuando llegues?

–Por supuesto.

–Ven aquí…

Abby se acercó y suspiró cuando él la estrechó contra sí y le retiró el cabello de la cara. Con una mano le tomó la barbilla y le alzó el rostro para besarla… la ternura y la pasión de su beso hizo que a Abby se le atenazara la garganta.

Temiendo echarse a llorar, se separó de él, convencida de que si perdía el control le diría todo aquello que debía callar. Solo se permitió decir mentalmente: «Te amo».

Zain no quería su amor y mucho menos su hijo. Pero ella no había sabido hasta aquella misma mañana hasta qué punto había ansiado estar embarazada de él.

Con la mano en el picaporte de la puerta, se volvió.

–Por cierto, no estoy embarazada, así que puedes relajarte –consiguió emitir lo que confió en que sonara como una risa de indiferencia antes de irse precipitadamente por temor a estallar en llanto.

Unos días más tarde, Abby volvió a Aarifa. Aunque la tristeza no la había abandonado, sí había logrado contenerla.

Era consciente de que había sido egoísta al querer tener un hijo para poseer una parte de Zain ya que no podía tenerlo ni a él ni su amor. Un niño debía tener unos padres que se amaran. No siempre era así, por supuesto, pero esas eran las circunstancias ideales.

Tenía que concentrarse en lo que tenía, no en aquello de lo que carecía.

El copiloto salió para preguntarle si había tenido un buen vuelo y continuó dándole conversación aunque ella apenas le escuchaba. Durante los meses que quedaban haría acopio de hermosos recuerdos que podría evocar cuando volviera a su antigua vida. Pero nunca volvería a ser la misma.

Cuando llegó a las puertas del palacio sintió un estallido de felicidad en el estómago. Le había dicho a Zain que llegaría por la tarde, pero había decidido adelantar el viaje y darle una sorpresa.

Entró sigilosamente en el salón, que estaba vacío, y fue hacia el dormitorio. Tampoco allí había nadie, pero las sábanas estaban revueltas, lo que era extraño dado que el servicio hacía la casa por la mañana.

Dejó el bolso y fue hacia la cama para estirar las sábanas. Al hacerlo, algo brillante cayó al suelo. Al levantarlo, se le paró el corazón.

Había visto aquel pendiente de diamantes en una

ocasión: Kayla lo llevaba el día que había ido a los establos. Un gemido escapó de su garganta.

La mano que se llevó a la boca temblaba; toda ella temblaba con la visión de aquel objeto que hacía añicos cualquier ilusión que hubiera podido hacerse respecto a los sentimientos de Zain.

¡No tenía derecho a enfadarse por que su matrimonio fuera una farsa, porque lo era, pero sí de que la engañara! Retrocedió horrorizada sin dejar de mirar la cama que Zain había compartido con Kayla… Y tal vez no por primera vez.

–Disculpe… Perdone.

Pasándose el dorso de las manos por los ojos, Abby se volvió y vio a una doncella.

–Disculpe que le moleste –dijo esta haciendo una reverencia. Al ver el diamante en la mano de Abby, exclamó–: ¡Lo ha encontrado! Muchas gracias

Se acercó a tomar el pendiente de la mano de Abby, pero esta la retiró. La muchacha le resultaba familiar.

–Es muy bonito –dijo Abby, acordándose de que la había visto en varias ocasiones acompañando a Kayla.

–No es de verdad, pero es un regalo. Se me ha debido de caer al ir a hacer la cama –la joven alargó la mano con una expresión inocente que contrastó cierto desdén.

Bien fuera por el tono o por la conexión que había hecho con Kayla, de pronto Abby vio con claridad.

Kayla quería el trono y a Zain. Por eso había hecho correr falsos rumores sobre ella, con los que Abby no había querido molestar a Zain. Pero se había equivocado. Aquel era un problema al que debía enfrentarse de inmediato.

–No, no es eso lo que ha pasado –Abby vio la cara de desconcierto de la joven–. ¿Dónde está tu señora, Kayla? Quiero devolverle el pendiente en persona.

La joven pareció asustada y cuando Abby avanzó hacia ella, retrocedió.

–No-no lo sé –balbuceó–. Tal vez en los establos –dijo. Y se fue precipitadamente.

Cuando Abby llegó a los establos un sirviente se acercó tímidamente y preguntó:

–¿Quiere ver al Rey de la Noche?

Para Abby, ese sería siempre Zain, pero dijo:

–Sí, por favor –y preguntó–: ¿Ha visto a la princesa Kayla?

–Estaba aquí, pero se ha ido.

Abby casi se sintió aliviada. De camino a los establos había perdido parte de su determinación. ¿No había algo de hipocresía en su reacción? Después de todo, Kayla quería romper un matrimonio que solo lo era sobre el papel.

El sirviente volvió con el purasangre, que relinchó al llegar junto a Abby.

–Hola, chico –susurró ella, presionando el rostro contra su crin.

–Usted le gusta –dijo el sirviente, sonriendo.

«Menos mal», pensó Abby, conteniendo el llanto al tiempo que la persona a la que menos le apetecía ver en el mundo, hacía su aparición.

En lugar de vestir de amazona, Kayla llevaba una falda tubo y tacones altos. El top era de seda, sin mangas, y con un escote cuadrado en el que lucía un espectacular collar de perlas.

Abby alzó la barbilla. Aquella mujer era una bruja, pero ella había tenido suficientes experiencias con aquel tipo de personas como para saber que lo último que debía manifestarle era miedo o dolor.

—Kayla —hizo una inclinación de cabeza y comprobó con satisfacción que a Kayla le irritaba encontrársela.

—¿Qué tal ha ido tu viaje a Inglaterra, a tu hogar? Debes de sentir nostalgia,

—Echo de menos a mi familia y amigos —pero ni una porción de lo que echaba de menos la voz de Zain, sus caricias, sus labios…

—Por eso me extraña que hayas hecho una visita tan corta.

Abby cerró los ojos y sacudió la cabeza. No pensaba perder tiempo jugando al gato y el ratón. Suspiró y abrió los ojos.

—Estaba buscándote. Creo que tengo algo tuyo —levantó la mano sosteniendo el pendiente entre los dedos.

La sonrisa de Kayla fue tan falsa como su fingida compasión.

—Dios mío, cuánto siento que te hayas enterado así…

Abby dejó el pendiente en la palma de la mano de Kayla.

—¿Enterarme de qué? ¿De que estás desesperada y no tienes el menor escrúpulo moral?

La sonrisa triunfal de Kayla se transformó en un mohín petulante, pero se recuperó y pasó al ataque.

—Puede que no lo sepas, pero mantuve una relación con Zain antes de que os casarais.

—Algo he oído.

—Lo que no sabes es que ha continuado —añadió

Kayla, mostrándole con un gesto dramático el otro pendiente.

Abby se avergonzó de sentir celos e inseguridad durante una fracción de segundo.

–Si quieres que crea que anoche dormiste con Zain, olvídalo. Él me… respeta demasiado como para actuar así.

Y se aferró a esa idea. Tal vez Zain no la amara, pero sí estaba segura de que la respetaba.

Los ojos de Kayla brillaron con desdén.

–Quieres decir que por ahora le entretienes. Pero pronto dejarás de ser una novedad –el silencio digno de Abby enfureció a Kayla, que le espetó–: Supongo que estas enamorada de él.

–Sí –contestó Abby. Y poder decirlo le resultó liberador.

–¿Y crees que él te ama? Supongo que precisamente ese amor que siente por ti explica los malos resultados de los últimos sondeos… –al ver la cara de sorpresa de Abby, Kayla asintió–. Sí, me temo que son malas noticias, pero no es de extrañar –añadió pausadamente–. Sus consejeros le advirtieron de que verlo con una mujer de fuera, haría que su gente recordara a su madre –Kayla dio un paso adelante–. Has representado el beso de la muerte para Zain. Si de verdad lo amaras, lo dejarías –siseó antes de dar media vuelta y marcharse.

Abby se quedó paralizada. Kayla quería manipularla pero eso no restaba verdad a sus palabras.

Zain había calculado que el daño inicial a su reputación por casarse con una extranjera, se rectificaría cuando se separaran, Pero ¿y si se equivocaba? ¿Y si cuanto más tiempo permaneciera a su lado, más lo perjudicaría? ¿Y si el pueblo acababa rechazándolo?

Abby sabía que eso lo destrozaría.

—¿*Amira*?

El sirviente la observaba con inquietud.

Abby sacudió la cabeza y se alejó con la cabeza erguida y paso firme, intentado ignorar los escalofríos que la recorrían.

En su mente se arremolinaban los pensamientos. No sabía dónde iba ni qué iba hacer, solo que necesitaba espacio… tiempo… Pero de pronto el muchacho le dio alcance.

—Disculpe, *Amira*, pero el chófer ha encontrado esto en el coche.

Abby observó con expresión vacía un amuleto que se le había caído del brazalete de su madre.

—Ah, dele las gracias… —dijo. Y tuvo una súbita idea. Si iba a llevarla a cabo, debía actuar de inmediato—. ¿Está el príncipe en el palacio?

—Creo que sí, *Amira*.

Abby palpó el pasaporte que llevaba en el bolsillo de la cazadora.

—¿Tiene papel y bolígrafo?

Zain se quedó inmóvil varios minutos tras leer la nota.

Abby se había ido. Las palabras se hicieron borrosas… decían algo sobre dejarlo por su bien… ¡Se había ido!

Jamás había ido tras una mujer y no pensaba hacerlo.

La noche anterior había estado en vela, echando algo de menos que no sabía definir, añorando su aroma, su calidez.

Pero la vida era más sencilla sin ella. Así no repetiría el error de su padre con su madre. Esta había drenado a su padre hasta debilitarlo, había conseguido que la amara hasta que olvidó sus responsabilidades… hacia su pueblo y su hijo.

Pero Zain no podía acallar la voz que lo contradecía.

Abby no lo debilitaba. ¿Habría podido conseguir lo que había conseguido las últimas semanas sin su apoyo? Abby no le robaba, sino que le daba.

Y se había ido.

Las ideas se movieron en círculos en su cabeza hasta que respiró profundamente, y parpadeó como si acabara de despertarse y de darse cuenta de que solo le quedaba un disparo en el revólver. Echó a correr.

A pesar de que no era fácil que pasara desapercibida, tardó en encontrar a alguien que la hubiera visto y más aún que le dijera que había estado en los establo, hablando acaloradamente con Kayla, y que, a continuación, se había marchado.

Una llamada a su avión privado confirmó sus sospechas. Prohibió al piloto que despegara, y fue al garaje.

Cuando llegó a la verja del palacio en su coche más rápido, la encontró bloqueada por numerosos manifestantes con pancartas que se beneficiaban de la nueva ley de libertad de expresión que había aprobado recientemente.

Zain volvió al establo y ensilló él mismo al purasangre ante los asombrados ojos de los sirvientes.

–¿Quiere que pare, *Amira*?

Arrancada de sus melancólicas reflexiones, Abby

alzó la mirada. Por más que se decía que su vida no había acabado, solo encontraba consuelo en el hecho de que estaba actuando correctamente.

–¿Disculpe?

El chófer indicó con la mirada el espejo retrovisor y Abby se volvió para ver qué estaba mirando. Palideció y el corazón se le aceleró, acompasándose al caballo que se aproximaba a pleno galope

–¡No! –dijo temblorosa–. ¡No pare! –ordenó, al tiempo que Zain adelantaba al coche.

Pero el chófer tuvo que parar cuando el purasangre se enfrentó al vehículo, elevándose sobre sus patas traseras.

–Lo siento, *Amira*.

Abby apenas le oyó porque estaba concentrada en Zain que, majestuoso y varonil como la primera vez que lo había visto, desmontó y, dirigiéndose al coche, abrió la puerta con ímpetu.

–Baja, *cara*.

Abby se planteó ignorarlo, pero la expresión de su rostro le hizo temer que fuera a sacarla a la fuerza, y decidió bajar.

Zain entonces se inclinó, dijo algo al chófer y Abby vio horrorizada cómo el coche se alejaba.

–Como en los viejos tiempos –dijo Zain, acercándose a ella con paso decidido.

Se detuvo a apenas unos centímetros, mirándola con una expresión que hizo que a Abby le diera vueltas la cabeza y que en su corazón prendiera una llama de esperanza.

–¿Qué pretendes, Zain?

–Esto –Zain la tomó por los hombros y, atrayéndola hacia sí, la besó prolongadamente.

Cuando el besó concluyó, Abby permaneció inmóvil, sumida en una nebulosa.

–Esto no cambia nada. Solo demuestra que pierdo el control cuando estás a mi lado. Solo estoy…

–¿Enamorada?

Abby se quedó helada,

–No pretendía enamorarme de ti…

Zain le retiró el cabello de la cara con una ternura que le humedeció los ojos.

–Lo sé… Yo lo he evitado con todas mis fuerzas… –una súbita sonrisa iluminó el bello rostro de Zain–. He sido un idiota. Rendirme me ha hecho sentir maravillosamente.

Abby sintió un estallido de felicidad en su interior, pero sacudió la cabeza.

–No puedes permanecer casado conmigo… Los sondeos….

–¿Qué sondeos?

Abby apretó los dientes. Zain no estaba poniéndoselo nada fácil.

–No hace falta que finjas. Sé que han sido desastrosos –para contener el temblor de su voz, tragó saliva antes de continuar con lágrimas en los ojos–: Cuanto más tiempo permanezca a tu lado, más te rechazará tu gente porque les recuerdo a tu madre. Por eso debo irme, y tú debes dejarme marchar.

Zain no pareció impresionado por su empeño en sacrificarse.

–¿Quién te ha metido esa ideas absurdas en la cabeza?

–Kayla. Y no tiene nada de absurdo.

El rostro de Zain se ensombreció.

–Kayla es… venenosa –dijo, chasqueando los dedos–. Quiere poder y estatus. Tuvo una aventura conmigo para conseguirlo, y cuando no me presté a su juego, se casó con mi hermano. Debía de haberla mantenido alejada de ti. Creía haberlo conseguido. Lo siento, *cara*.

Contra su voluntad, Abby se relajó sobre la mano que Zain posó en su mejilla, con una ternura que volvió a humedecerle los ojos.

–Los sondeos…

Zain suspiró.

–Ese sondeo lo organizaron mis opositores. Y aunque los resultados no fueron buenos, se realizó al poco de conocerse la noticia. El último, oficial, se hizo ayer y hoy han salido los resultados.

–Lo siento, Zain.

–Mi índice de popularidad ha subido notoriamente gracias, por lo visto, a mi mujer pelirroja.

Abby abrió los ojos de sorpresa.

–¡Kayla ha mentido!

Zain enarcó la ceja y dijo con sorna:

–¡Qué novedad! –entonces tomó el rostro de Abby entre sus manos y continuó–: Abby, tú eres el sueño en el que nunca había querido creer. He sido un cobarde. Mi única excusa es que he protegido mi corazón tanto tiempo que ya no recordaba tenerlo. Por eso no quería admitir lo que sentía. Desde el primer momento que te vi… tan valiente, tan hermosa, tan…

Abby se puso de puntillas, se abrazó a su cuello y lo besó.

–¿Quieres decir que quieres que me quede más allá de dieciocho meses? –preguntó ella cuando, varios besos más tarde, separaron sus labios.

–Te quiero a mi lado cada día… Y cada noche –le

susurró Zain al oído. Luego le tomó la mano, se la llevó al pecho y mirándola fijamente, continuó–: Te quiero conmigo siempre. Te amo y no podría hacer nada de todo esto… –hizo un movimiento circular con el brazo–, sin ti.

Con los ojos brillantes de lágrimas, abrazada a su cuello, Abby replicó:

–Me salvaste la vida, así que te debo la mía.

–No quiero tu gratitud, Abby. Quiero tu corazón y tu amor.

Con ojos centelleantes, Abby contestó:

–Tienes las dos cosas.

Con una expresión rebosante de amor, Zain le besó las manos y luego los labios.

–Prometo mantenerlos siempre a salvo.

Abby suspiró.

–Voy a tener que aprender unas cuantas lenguas.

–La del amor es la única que cuenta –dijo Zain, tomándola de la mano para ir hacia el caballo. Lo montó y tendió la mano a Abby para que montara delante de él.

–¿Vamos a casa? –preguntó ella.

–Todavía no. Me gustaría enseñarte un oasis que conozco…

El viento hizo flotar su cabello y se llevó la risa de Abby al tiempo que Zain espoleaba al Rey de la Noche, lanzándolo al galope sobre la arena rojiza.

Abby tenía la sensación de que solo existían ellos dos en el mundo. Y le gustó.

Bianca

**Su fortuna es inmensa,
pero reclamar a su hijo no tiene precio**

UNA NOCHE EN MARRUECOS

Maya Blake

N° 2748

Joao Oliviera podía ser uno de los hombres más ricos del mundo, un hombre hecho a sí mismo, pero aquella última transacción era algo personal. Para asegurarse la victoria, necesitaba a su mano derecha, Saffron Everhart, pero la innegable tensión sexual que había entre ellos era más poderosa que nunca desde que, por fin, se rindieron a la pasión una noche en Marruecos.
Y esa tensión estaba a punto de explotar porque Joao acababa de descubrir que Saffron estaba embarazada.

Acepte 2 de nuestras mejores novelas de amor GRATIS

¡Y reciba un regalo sorpresa!

Oferta especial de tiempo limitado

Rellene el cupón y envíelo a
Harlequin Reader Service®
3010 Walden Ave.
P.O. Box 1867
Buffalo, N.Y. 14240-1867

¡Sí! Por favor, envíenme 2 novelas de amor de Harlequin (1 Bianca® y 1 Deseo®) gratis, más el regalo sorpresa. Luego remítanme 4 novelas nuevas todos los meses, las cuales recibiré mucho antes de que aparezcan en librerías, y factúrenme al bajo precio de $3,24 cada una, más $0,25 por envío e impuesto de ventas, si corresponde*. Este es el precio total, y es un ahorro de casi el 20% sobre el precio de portada. !Una oferta excelente! Entiendo que el hecho de aceptar estos libros y el regalo no me obliga en forma alguna a la compra de libros adicionales. Y también que puedo devolver cualquier envío y cancelar en cualquier momento. Aún si decido no comprar ningún otro libro de Harlequin, los 2 libros gratis y el regalo sorpresa son míos para siempre.

416 LBN DU7N

Nombre y apellido	(Por favor, letra de molde)

Dirección	Apartamento No.

Ciudad	Estado	Zona postal

Esta oferta se limita a un pedido por hogar y no está disponible para los subscriptores actuales de Deseo® y Bianca®.
*Los términos y precios quedan sujetos a cambios sin aviso previo.
Impuestos de ventas aplican en N.Y.

DESEO

Su sexy jefe le llegó al corazón y despertó su deseo de una forma completamente inesperada

Noches mágicas

MAUREEN CHILD

Joy Curran era madre soltera y necesitaba el trabajo que le había ofrecido su amiga Kaye, el ama de llaves del millonario Sam Henry, quien vivía recluido en una montaña. Sam no se había recuperado de la muerte de su esposa y de su hijo, y se negaba a sí mismo el amor, la felicidad y hasta las fiestas de Navidad. Sin embargo, Joy y su encantadora hija lo devolvieron a la vida. Por si eso fuera poco, Joy le despertó una pasión a la que difícilmente se podía resistir, y empezó a pensar que estaba perdido. ¿Sería aquella belleza el milagro que necesitaba?

De una noche inolvidable... ¡al altar!

INOCENTE BELLEZA

Clare Connelly

Gabe Arantini, soltero de oro y multimillonario, se había puesto furioso al enterarse de que la inocente belleza con la que había pasado una maravillosa noche era la hija de su rival. Y las navidades siguientes Abby le había dado la noticia de que había sido padre. Gabe había sabido que tenía que casarse con ella para que su hijo creciese en el seno de una familia, pero el suyo sería un matrimonio solo en el papel, salvo que la química que había entre ambos pudiese cambiar la situación.